KB011296

과거는 어째서
자꾸 돌아오는가

문지 에크리

과거는 어째서 자꾸 돌아오는가

펴낸날 2021년 12월 13일
지은이 백민석
펴낸이 이광호
주간 이근혜
편집 최지인 이민희 조은혜 박선우 방원경
펴낸곳 ㈜문학과지성사
등록번호 제1993-000098호
주소 04034 서울 마포구 잔다리로7길 18(서교동 377-20)
전화 02) 338-7224
팩스 02) 323-4180(편집) 02) 338-7221(영업)
전자우편 moonji@moonji.com
홈페이지 www.moonji.com

© 백민석, 2021. Printed in Seoul, Korea

ISBN 978-89-320-3928-2 03810

이 책의 판권은 지은이와 ㈜문학과지성사에 있습니다.
양측의 서면 동의 없는 무단 전재 및 복제를 금합니다.

과거는 어째서
자꾸 돌아오는가

백민석

문학과지성사

차례

미학적인 것

정치적인 것

타자의 장소

W. G. 제발트의 소설 『아우스터리츠』에는 기묘한 장면이 나온다.

자기 출생의 흔적을 쫓는 아우스터리츠는 마리와 함께 옛 체코슬로바키아의 온천 도시를 찾는다. 그곳에서 호텔에 묵는데, 마리는 짐을 풀며 방의 이것저것을 꼼꼼히 살펴본다. 방은 살롱처럼 크고, 벽은 낡은 문직 벽걸이 양탄자로 덮여 있고, 골방의 침대는 한눈에 봐도 지난 시대의 것이다. 마리는 욕실로 들어가 수도꼭지와 샤워기까지 돌려보고는 말한다. "(마리는) 그러고는 마침내 다른 것은 모두 다 정상인데 책상은 수년 동안 먼지를 털지 않은 듯한 인상을 주는 것이 기이하다고 말했어요. 이 특이한 현상에 대해 어떤 설명이 가능할까 하고 그녀는 내게 물었지요, 라고 아우스터리츠는 말했다. 이 책상은 혹시 유령의 장소일까?"[1]

호텔 방의 다른 집기와는 달리 책상만 수년 동안 먼지를 털지 않은 인상을 준다. 책상을 보며 마리는 문득 유령을, 유령의 장소를 떠올린다. 책상은 유령이 머무는 장소고, 그래서 호텔 메이드가 아무리 치워도 유령이 가운 자락처럼 끌고 다니는 과거의 흔적이 사라지지 않고 남곤 한다는 의미일까.

유령은 산 사람에 대해 타자다. 산 사람은 유령이 있음을 알지만 볼 수는 없다. 하지만 유령이 꼭 죽은 사람의 혼령일 필요는 없다. 조르조 아감벤은 『아우슈비츠의 남은 자들』에서 2차 세계대전 당시 아우슈비츠에 실존했던 유령과도 같은 사람들에 대해 말한다. 그들은 "모든 증언 속에 하나의 공백으로 기입되어 있는 자",[2] 틀림없이 곁에 있지만 아무도 보고 싶어 하지 않는 자와 같은

1 W. G. 제발트, 『아우스터리츠』, 안미현 옮김, 을유문화사, 2013, p. 230. 괄호는 인용자; 본 책에서 이하 동일.

2 조르조 아감벤, 『아우슈비츠의 남은 자들』, 정문영 옮김, 새물결, 2012, p. 124.

존재다.

아우슈비츠 수용소에서 삶의 의지를 상실해 산송장 같아진 유대인들은 '이슬람교도'라고 불렸다. '이슬람교도'는 "가면처럼 굳은 얼굴에다 땅바닥에 몸을 웅크리고 다리는 동양식으로 구부린 채로 있는 자세"를 하고 이슬람교도들이 기도할 때처럼 "상체가 전후좌우로 흔들리는 몸짓"을 한다. 이들은 때로는 "자기 안에 웅크린, 갇힌 사람"[3]이라는 뜻으로 조개 인간으로 불리기도 했다.

『아우스터리츠』의 주인공 이름인 아우스터리츠는 발음이 비슷한 아우슈비츠 수용소가 정체의 기원이기도 하다. 이 소설에는 아우슈비츠를 변형한 이름들이 여럿 등장한다. 마리와 아우스터리츠가 묵는 호텔 근처에는 '아우쇼비츠'라는 샘물이 있고, 어느 페이지에는 '바우쇼비츠 분지'와 '아우스터리츠 정류장'도 나온다. 아우스터리츠는 어렸을 때 독일 나치의 유대인 절멸 작전을 피해 온 가족이 뿔뿔이 흩어진 가족사를 갖고 있다. 이 때문인

3 같은 책, p. 67.

지 그는 성장해서도 병적으로 내성적이고 울적한 기분으로 인생을 살며, 이따금 히스테리성 발작도 일으킨다.

아감벤이 묘사한 산송장과 비슷한 느낌이다. "그는 어느 경우에는 (살아 있으나) 살아 있지 않은 것으로, [……] 즉 죽음의 영역 속에서의 삶의 기입이자 죽음 속에서의 삶의 영역의 기입으로서 말이다." 그는 인간성의 붕괴를 겪었거나 겪고 있는 자다. '이슬람교도'는 "집요하게 인간으로 나타나는 비인간이지만, 그는 또한 비인간적인 것과 별개로 말해질 수 없는 인간인 것이다".[4] 유대인은 나치 인종주의자들에 대해 타자였고, 아우슈비츠는 그러한 타자가 격리되어 죽어간 장소였다.

아우스터리츠 정체의 기원이 아우슈비츠 수용소에 있다는 사실을 깨닫는 순간, 독자들은 『아우스터리츠』의 문체가 어째서 그토록 둔중하고 질질 끄는 발걸음처럼 무겁게 읽히는지 마음으로 이해하게 된다. 『아우스터리츠』의 문체는 수용소 산송장들의 느릿느릿 길게 늘어

4 같은 책, p. 124.

지는 발걸음을 재현한 것일 수도 있다. 아우스터리츠는 아우슈비츠에 영혼 일부를 사로잡힌 인물이며, 『아우스터리츠』는 그러한 인물의 삶의 내용이 아닌, 삶의 형식을 문체와 양식으로 재현한 소설일 수도 있다. 그래서인지 소설 전체에 유령이 떠도는 것처럼, 소설 전체가 유령의 장소처럼 보이기도 한다.

2016년 7월, 나는 스페인의 북부 도시 팜플로나에 있었다. 팜플로나는 한국에도 잘 알려진 산티아고 순례길에 위치한 천년의 고도이다. 투우 경기장으로 가는 좁은 돌바닥 도로에 성난 황소들을 풀어놓고 사람들이 일부러 쫓겨 다니게 하는 산페르민 축제가 열리는 도시이기도 하다.

팜플로나는 옛 건축물과 정취, 성곽이 보존되어 있는 구도심과, 빌딩과 현대식 주거 공간으로 이뤄진 도심 외곽으로 선명하게 나뉘어 있다. 축제의 소몰이 경기는 구도심에 벌어진다. 소 우리에서 여섯 마리 투우용 싸움소가 풀려나면, 그 앞에 진을 치고 있던 수천 명의 사람이 일제히 투우 경기장을 향해 달리기 시작한다. 흥분한 소들도 1미터가 넘는 날카로운 뿔을 세우고 사람들을 뒤쫓는다. 투우 경기장으로 이어지는 그 길은, 다른 길과 연결되는 길목마다 임시 벽을 세워 소들이 다른 곳으로 빠져나가지 못하게 한다. 소 우리에서 투우 경기장까지 1킬로미터 남짓한 그 축제의 길은 소들에겐 한번 들어서면 다시 돌아오지 못할 길, 죽음으로 가는 단 하나의 외길이 된다. 싸움소들은 오후에 진행되는 투우 경기에서, 여섯 마리 모두 흙바닥에 피를 뿌리며 숨이 끊어질 때까지 구경거리가 된다.

산페르민 축제에는 사람들을 매혹하는 여러 가지 유인 요소들이 있다. 그중 하나가 드레스 코드로, 축제에 참가하는 사람이면 누구나 아래위 흰색 겉옷에 바스크 스카프로 알려진 붉은색 손수건을 목이나 어깨에 두르게 한다. 새벽에 팜플로나에 도착한 나도 노점에서 붉은 손수건을 사 목에 둘렀다.

이 드레스 코드는 단순한 상술만은 아니다. 그보다는 지역사회에 오랜 세월 뿌리를 내린 전통에 더 가까워 보인다. 한적한 주택가에서도 드레스 코드에 맞춰 입은 시민들을 흔하게 볼 수 있기 때문이다. 관광객들, 일본인이나 나 같은 동양인들도 붉고 흰 드레스 코드에 맞추어 팜플로나 축제에 참여했다.

축제 기간 팜플로나에서 유일하게 드레스 코드에 맞춰 입지 않은 사람들은 흑인들뿐이었다. 흑인들은 드레스 코드에 대해 한마디도 들어보지 못한 사람들 같은 옷차림으로 팜플로나 거리 곳곳에 나와 있었다. 흑인 대부분은 구도심이나 외곽의 번화가에서 길거리에 좌판을 깔아놓고 노점을 하고 있었다. 드문 경우 관광객이거나 상점 직원이기도 했다. 하지만 어느 경우에도 드레스 코드는 맞춰 입고 있지 않았다.

팜플로나에서 이 경험은 내게 투우 경기보다 더 강한 충격으로 다가왔다. 흑인들은 이 드레스 코드를 따르지 않는다, 혹은 스스로 거부한다, 혹은 모종의 관습적 규범에 의해 금지되었다,라는 데 생각이 미쳤을 때, 나는 잠시 멍해졌다. 자신 있게 말하지만 팜플로나 시내를 쏘다니던 그 3박 4일 동안, 나는 흰 상하의에 붉은 스카프를 두른 흑인은 단 한 명도 보지 못했다. 시내에서 드레스 코드를 따르지 않은 백인들은 있었지만, 흑인이면서 이를 맞춰 입은 사람은 없었다.

팜플로나가 구도심과 현대적인 외곽으로 칼로 그은 듯 구획된 것처럼, 흑인들은 완전히 다른 세계에 속한 사람들 같았다. 그들은 단지 피부색이 다르고 헤어스타일이 다르고 드레스 코드를 맞춰 입지 않은 사람들이 아니었다. 흰옷과 붉은 스카프로 상징되는 축제 문화에서 한편으로 비켜나 격리된 사람들이었다. 물론 그들은 인종적 게토나 아우슈비츠에 갇힌 사람들은 아니었다. 그들은 팜플로나 어느 거리에나 있었다. 대개의 흑인이 번화가에서 노점을 하는 것을 보아 어쩌면 스페인 시민이 아니라 아프리카에서 건너온 난민의 일부일 수도 있었다.

그렇다 해도, 어째서 흑인 전체가 드레스 코드를 맞춰 입지 않았는지에 대한 명확한 해답은 되지 못한다. 산페르민 축제 동안 보았던 그 흑인들은, 문화적으로 완벽히 단절된 채 팜플로나 시내 여기저기에 모습을 드러내는 바깥, 외부 같았다. 내부에 들어와 있는 외부, 안과 조금도 뒤섞이지 않은 채 유령처럼, 이물질처럼 떠도는 바깥.

나는 이 사실을 가볍게 말할 수 없다. 나는 한국에서 나서 평생 한국에서만 살았다. 2016년 이전에는 백인들이 주류인 서유럽과 북미 지역에는 발을 들여놓은 적도 없다. 그러니 인종 차별이라고 하는 것을 경험해볼 기회도 없었고, 팜플로나에 가보기 전까진 인종 차별이라고 하면 그저 백인들이 흑인들을 비인간적으로 대하는 것이라는 피상적인 이해만 갖고 있었다. 단 한 번도 인종 차별이, 한 인종 전체가 축제의 한가운데서 완전히 단절되고 격리되어 내부의 외부, 안에 출몰하는 바깥의 정체성을 갖게 되는 것이라고는 생각해본 적이 없었다.

그러고 나서 팜플로나에서 파리로 갔다. 파리에 도착한 7월 14일은 프랑스의 혁명기념일이었다. 아침부터 샹젤리제 거리에서 군사 퍼레이드가 벌어지고, 저녁이 되자 에펠탑 앞 공원에서 콘서트와 불꽃축제가 펼쳐졌다. 나는 이른 저녁부터 공원에 자리를 잡고 앉아 혁명을 기념하는 클래식 콘서트를 봤다. 축제를 즐기러 나온 사람들이 지평선을 이루고 있었다. 불꽃놀이는 밤 12시가 넘어서 끝났고, 나는 공원을 나와 지하철을 찾았다.

하지만 어떻게 된 일인지 지하철역은 닫혀 있었고, 파리 시민들이 출입구를 막고 있는 경찰들에게 이것저것 묻고 있었다. 나는 행인들의 물결에 휩쓸려 한참이나 열린 지하철역을 찾아 헤맸다. 택시도 없었다. 몇 군데 지하철역 앞에서 실망해 돌아서면서 나는, 지하철역을 이제는 경찰이 아닌 자동소총을 멘 군인들이 지키고 있다는 사실을 알았다. 나는 에펠탑과 멀리 떨어진 곳에서 겨우 문을 연 지하철역을 찾을 수 있었다.

다음 날이 되어 인터넷을 보고서야 나는 지난밤 소동의 까닭을 알 수 있었다. 내가 불꽃놀이에 정신이 팔려 있던 그 시간에, 프랑스 남부 도시 니스에서 테러 사건이 일어난 것이다. 범인은 오랜 세월 프랑스의 보호국이었던 북아프리카 튀니지 태생의 트럭 운전사였다. 그는 대형 트럭을 타고 축제를 즐기던 시민들 사이를 2킬로미터 가까이 질주했고, 그 과정에서 84명이 죽고 1백 명 이상이 다쳤다고 했다.

테러범 부렐은 프랑스 태생의 백인이 아니었고, 이슬람 교도였다. 사건 직후 IS는 자신들이 배후라고 밝혔다. 테러가 일어난 혁명기념일은 '바스티유의 날'이라고도 불린다. 1789년, 앙시앙 레짐에 저항하는 시민들이 바스티유 감옥을 습격해 혁명의 발단을 만든 날이기 때문이다. 감옥의 정치범과 시민 들의 자유와 평등은 이날 폭력으로 쟁취됐다. 그로부터 227년이 흘렀고, 어느새 '바스티유의 날'은 이슬람 이민자가 자신의 메시지를 폭력을 통해 프랑스 사회에 전하는 날로 바뀌었다.

내 숙소는 몽마르트 언덕 근처 무슬림들이 모이는 거리에 있었다. 숙소도 이슬람식 이름을 갖고 있었다. 그렇지만 테러 사건 이후에도 별다른 동요는 느껴지지 않았다. 관광객인 내가 할 수 있는 일이라곤 그저 가슴을 쓸어내리는 일뿐이었다. 프랑스가 피와 폭력으로 다시 한번 물든 2016년 7월 14일의 밤에, 나는 우연의 덕을 봤다고 할 수 있다. 나는 파리가 아닌 니스의 해변도로에서 불꽃놀이를 봤을 수도 있었고, 테러범 부렐이 니스가 아닌 에펠탑 앞으로 트럭을 몰고 돌진했을 수도 있었다.

테러범 부렐은 이민자이다. 하지만 그는 엄밀히 말해 프랑스 시민이다. 프랑스 시민이 된 지 10년도 더 지났고, 테러에 사용한 트럭은 그가 배송 사업을 하는 데 쓰는 자신의 트럭이었다. 그렇다면, 극동 아시아에서 나고 자라 2016년 이전에는 유럽 대륙을 밟아본 적이 없는 내 눈에는 무언가 이상하다. 부렐은, 자신과 같은 프랑스 시민을 향해 대량 살상 테러를 저지른 셈이다. 무엇이 그를, 동포를 84명이나 살해할 만치 증오하게 하고 원한에 사무치게 했을까.

공교롭게도 이번 스페인 프랑스 여행에 『폭력이란 무엇인가』와 『인민이란 무엇인가』를 들고 갔다. 『폭력이란 무엇인가』에는 2005년에 프랑스를 뒤흔든 폭동에 대한 이야기가 나온다. 이 폭동의 타깃은 무차별적이었고, 이슬람 사원도 불에 탔다. 슬라보예 지젝은 폭동의 성격을 이렇게 봤다. "한 사회 집단이, 프랑스의 일부이자 프랑스의 시민이었음에도 불구하고, 그들 스스로는 진정한 정치적-사회적 공간에서 배제되어 있다고 느꼈으며, 그래서 자신들의 존재를 대중에게 뚜렷하게 부각시키고자

했던 것이다. [……] '싫든 좋든, 우리는 여기 있다. 애써 우리가 안 보이는 척해 봐야 소용없다.' [……] 그들 주장의 대전제는 그들이 프랑스 시민이 되기를 원하며, 실제로 프랑스 시민인데, 시민으로서 완전히 인정받지는 못하고 있다는 것이다."

당시 폭동에 나섰던 이들은 그 얼마 전 내무장관 니콜라 사르코지에 의해 '인간 쓰레기'라고 불렸던 이들이다. 지젝에 따르면 이들은 사회의 편견과 달리 "어떤 종교나 민족 공동체의 일원으로서 공동체의 폐쇄적 생활방식을 고집하며 특별한 지위를 요구했던 게 전혀 아니"[5]었다. 2016년의 부렐에게 어쩌면 IS의 지령은 그저 핑계였을 수도 있다. 그는 단순히 한 사람의 온전한 프랑스인, 동등한 자유와 평등을 누리는 내국인이 되고 싶었던 것일지도 모른다.

팜플로나의 드레스 코드라든가, 2005년의 폭동, 부렐의 테러 사건에서 공통적으로 보이는 것은 무엇일까. 유

5 슬라보예 지젝, 『폭력이란 무엇인가』, 이현우 외 옮김, 난장이, 2011, pp. 117~19.

색 인종에 대한 차별이나 이민자 문제, 혹은 빈부 갈등, 이슬람과의 종교 갈등일까. 팜플로나의 흑인들이나 니스의 부렐은 스페인과 프랑스 내국인이었다. 하지만 흑인들에게 드레스 코드는 완강히 거부되거나 완강히 금지되었던 것이고, 부렐은 살육이 아니고서는 자신의 증오와 원한을 표현할 길을 찾을 수 없었던 것인지도 모른다. 그러니까 엄밀히 말해 그들은, 스페인과 프랑스의 내부에 존재하는 외부, 안의 바깥이라고 할 수 있다. 그들은 한 사회의 내부에 편재하는 완전한 외부, 바깥이었던 것이다. 동일자 안에 편재하는 완전한 타자였다. 아우슈비츠의 유대인도 그랬다.

폭동이나 테러까지는 아니더라도, 한국 사회에서도 2016년 11월부터 대규모 집회가 있었다. 세월호 참사와 관련해 광화문에서는 지난 3년간 크고 작은 집회가 열렸다. 그러다가 박근혜와 그 측근들의 비리가 알려지면서 집회의 규모도 커졌다. 11월 12일 3차 집회엔 집회 참가 인원이 처음으로 1백 만을 넘어섰고, 갈수록 늘어나 국회

탄핵 소추 즈음인 12월 3일 6차 집회엔 서울에만 170만 명이 모였다.

세월호 참사가 3년째로 접어드는 동안, 우리 사회에서 광화문 광장은 푸코가 『헤테로토피아』에서 말한 "우리가 살고 있는 공간에 대해 신화적인 동시에 현실적으로 일종의 이의제기를 하는 상이한 공간"으로서 기능해왔다. 푸코의 헤테로토피아는 "실제로 위치를 한정할 수 있지만 모든 장소의 바깥에 있는 장소들"[6]이다. 세월호 유가족들의 호소, 항의가 사회에서 지난 3년 동안 어떤 수준의 호응을 받아왔는지, 박근혜 정부와 정치권으로부터 어떤 대접을 받아왔는지 생각해보면 자연스레 헤테로토피아를 떠올리게 된다. 광화문 광장은 한국 사회 전체에 대한 이의제기이자, 바깥으로 밀려난 희생자들의 목소리가 현존하는 공간이다. 세월호 유족과 사회단체 들이 매일 나와 홍보하고 항의하는 자리는 이제 '광화문 텐트촌'이라고 불리며 정부의 부패와 불의, 시민사회의 무기

6 미셸 푸코, 『헤테로토피아』, 이상길 옮김, 문학과지성사, 2014, pp. 47~48.

력을 증언하는 상징적 공간이 됐다.

11월 19일 종로에서 광화문으로 가는 대로에 고등학생으로 보이는 어린 친구 둘이 구호가 적힌 종이를 들고 있었다. 제대로 만든 피켓도 아닌, 문방구에서 사 온 도화지에 사인펜으로 한 글자 한 글자 적은 것이었다. 발치에는 학교에 다녀왔는지 책가방이 놓여 있었고 옷차림도 교복을 그대로 입고 나온 듯했다. 이들이 가슴께 들고 있는 도화지에는 '이래도 개·돼지입니까'와 '국민의 무게만큼 책임을 느껴라'라고 씌어져 있었다.

나는 아름다운 두 어린 친구 앞에서 부끄럽고 마음이 아팠다. 왜냐하면 어느 교육부 인사가 한국 사회에서 '신분제를 공고화시켜야 한다'며 '민중은 개·돼지다'라고 했던 발언이, 이 어린 친구들의 마음에도 상처가 됐을 거라는 데 생각이 미쳤기 때문이다. 기성세대로서, 아직 사회에 진출할 나이도 되지 않은 어린 세대에게 듣지 말았어야 할 말을 듣게 한 책임에서 나는 자유롭지 못하다.

본보기를 위해 이름을 밝혀두자. 교육부 정책기획관 나향욱은 기자들과 만난 자리에서 이렇게 말했다. "나는 신분제를 공고화시켜야 한다고 생각한다." "민중은 개·돼지다." "민중은 개·돼지로 취급하면 된다." "개·돼지로 보고 먹고살게만 해주면 된다." "신분이 정해져 있으면 좋겠다는 거다. 미국을 보면 흑인이나 히스패닉, 이런 애들은 정치니 뭐니 이런 높은 데 올라가려고 하지도 않는다. 대신 상·하원…… 위에 있는 사람들이 걔들까지 먹고 살 수 있게 해주면 되는 거다."[7]

슬프게도 이것은 한국 사회 엘리트의 발언이다. 이 발언도 촛불집회의 한 발단이 됐다. 몇 해 전부터 한국 사회를 설명하는 지배적인 담론처럼 유행한 '금수저/흙수저' 론의 연장선에 있는 성격의 발언이다. 박근혜 게이트의 핵심인 정유라도 SNS에 그 비슷한 내용의 글을 남겼다. "능력 없으면 니네 부모를 원망해. 있는 우리 부모 가지고 감 놔라 배 놔라 하지 말고. 돈도 실력이야."[8]

이 발언들은 한국 사회가 '금수저/흙수저'로 표상되

7 장은교 기자, 「교육부 고위간부 "민중은 개·돼지: 신분제 공고화해야"」, 『경향신문』 2016년 7월 8일 자.

8 http://daebakreal.tistory.com/170

는 신분 사회로 역행하고 있다는 사실을 누설의 형식으로 들려주고 있다. 집회에 나왔던 그 친구들은, 평소에 만날 일이 없는 한국 사회의 지배계층에 의해 자신들이 개·돼지로 불리며, 이미 개·돼지의 정체성을 갖게 됐다는 사실을 마음속 깊이 깨달았을 것이다. 2005년 프랑스 폭동의 한 발단은 사르코지 내무장관의 '인간 쓰레기' 발언이었다. 이는 사회에서 성공한 사람이 그렇지 못한 사람들을 얕잡아보고 경멸하는 발언이 아니었다. 사르코지의 발언은 프랑스 사회가 인간 쓰레기와 그렇지 않은 사람들로 이뤄진 신분 사회임을 공표하고 명문화한 발언에 다를 바 없었다.

부렐과 같은 튀니지 출신으로 프랑스에서 망명 생활을 하는 사드리 키아리는 프랑스 사회에 대해 이런 농담을 들려준다. 부렐과 같은 튀니지 출신으로 프랑스에서 망명 생활을 하는 사드리 키아리는 「인민과 제3의 인민」이라는 글에서 프랑스 사회에 대한 이러한 농담을 들려준다. 생드니 지하철에서 흑인이나 아랍계 프랑스인에게 "당신은 어떤 인민에 속합니까?" 하고 물었을 때 그가 "나는 프랑스 인민에 속합니다"라고 답한다면 당신은 그가 아첨꾼이라고 생각할 것이다. 만약 그가 진지하게 대답하면, "나는 흑인—또는 아랍인, 베르베르인, 말리인, 모로코인, 이슬람인, 세네갈인, 알제리인, 아프리카인……—인민에 속합니다"라고 할 것이고. 반면 소위 토박이 프랑스인에게 같은 질문을 한다면 "나는 백인 혹은 유럽인 혹은 기독교인 인민에 속합니다"라는 대답이 아닌 "나는 프랑스 인민에 속합니다"라고 답할 것이다.

사드리 키아리의 이 농담은 앞서 말한 팜플로나의 흑인이나 테러범 부렐, 아우슈비츠의 유대인, 엘리트에 의해 규정된 한국 민중의 정체성과 관련해 생각할 거리를 던져준다. 키아리의 농담이 보여주는 것은 프랑스 사회가 두 집단, "하나는 국가에 의해 인정받고 국가 안에서 스스로를 식별하는 다수자이고, 다른 하나는 국가에 의해 인정받지 못하고 국가 안에서 스스로를 식별하지 않는 소수자"[9]로 구성되어 있다는 사실이다.

9 사드리 키아리, 「인민과 제3의 인민」, 알랭 바디우 외, 『인민이란 무엇인가』, 서용순 외 옮김, 현실문화, 2014, pp. 149~50.

프랑스의 지배계층을 이루는 이들은 굳이 자신을 '백인, 유럽인, 기독교인'이라고 소개할 필요가 없다. '프랑스인'이라는 말 자체에 이미 그런 의미가 들어 있기 때문이다. 하지만 부렐 같은 이민자, 아랍인과 아프리카인 혈통의 프랑스인들은 그런 식으로 대답을 할 수 없다. 그들은 내부에서, 외부의 정체성을 갖기 때문이다. 그들은 프랑스에 의해 인정받지 못하는 프랑스인이자, 프랑스 안에서 스스로를 식별하지 않는(스스로 프랑스인이라고 말하지 못하는) 프랑스인들이다.

한국은 예외일까. 단일민족이고, 단일한 역사로 이어져 내려와 단일한 사회를 구성하고 있으니 내부에 있는 외부의 문제, 혹은 안에 있는 바깥의 문제는 없는 걸까. 지난 11월과 12월 광화문 촛불집회에는 이루 헤아릴 수 없이 많은 구호가 등장했다. 세월호의 인양에서 박근혜 탄핵, 비정규직과 사드 배치, 아르바이트생의 시급 문제까지, 우리 사회가 저렇게 많은 문제를 안고 있나 싶을 정도였다.

하지만 그 많고 많은 구호 중에 평소에 흔히 보던 구호들이 눈에 띄지 않았다. 바로 지역 갈등에서 비롯된 정치 구호들이었다. 촛불집회 어디에도 지역 갈등을 부추기거나, 반대로 지역 갈등을 근절하자는 내용의 구호는 등장하지 않았다. 적어도 내 눈에는 그랬다. 이는 이 사회에서 40년 이상을 살아온 나 같은 사람에게는 이례적인 일이다. 왜냐하면 어렸을 때부터 전라도 경상도를 편 가르는 소리를 듣고 살았고, 4년 전 대통령 선거 때만도 심심찮게 듣던 소리였기 때문이다.

지역 갈등을 부추기거나 근절하자는 이야기는 집회 현장뿐만 아니라 사회 이곳저곳에서 점차 사그라지고 있다. 최근 치른 몇 차례 선거에서도 점차 들리지 않고 있다. “우리가 남이가” “(비영남권 대통령이 당선되면) 영도다리에 빠져 죽자”와 같은 관용구는 한국 사회에서 지역 갈등이 얼마나 뿌리 깊은지 상징적으로 들려주며 선거철마다, 비상시국마다 등장하곤 했다. 이 발언들은 1992년 정부 기관장들이, 지역감정을 부추겨 김영삼 대통령을 당선시키려고 모인 자리에서 흘러나왔다. 그 자

리에는 지금 국정 조사를 받고 있는 김기춘도 있었다.[10]

'우리가 남이가' 같은 귀에 익은 소리들이 한국 사회에서 사라지고 있다. 그리고 그 자리를 몇 해 전부터, 바로 얼마 전부터 '금수저/흙수저'가 빠르게 채우고 있다. 그러다가 올해 교육부 고위 간부의 '개·돼지' 발언이 나왔다. 한국 사회의 지배적인 레토릭이 변화하고 있다. 이는 보는 이에 따라 사실이 아닐 수도 있고, 또 얼마든지 다르게 해석될 수 있는 일이다. 하지만 내가 보기에 이 현상은, 이 현상이 확실한 하나의 추세라면, 이렇게 말할 수 있을 것이다. 한국 사회의 갈등 구조가 지역에 기초한 지역 갈등에서, 계급 혹은 신분에 기초한 갈등으로 이행하고 있다고.

개·돼지 발언이나 금수저/흙수저론을 보면 틀림없이 한국 사회의 갈등 구조는 신분 갈등으로 이행하고 있고, 가계 부채나 비정규직이나 소득 격차 문제를 보면 계급 갈등이 심화되고 있는 듯하다. 그렇지만 최순실 일가를

10 「초원복국 사건」, 〈위키백과〉 참조. (https://ko.wikipedia.org/wiki/초원복국_사건)

봐도 알 수 있듯 신분을 결정짓는 요소가 재산의 질이 아니라 규모라면, 한국 사회에서는 신분 갈등이 곧 계급 갈등일 수도 있다.

어느 쪽이든 지역 갈등이 정치적으로 효율성이 떨어지는 사회가 되어가고 있다. 당연히 보수 지배계층이 지키려는 가치도 박근혜 게이트에서 보듯, 지역 공동체에 기초한 가치에서 계급 공동체에 기초한 가치로 옮겨 가고 있다.

올 7월 '민중은 개·돼지' 발언을 접하면서 그 '민중'이라는 말에 이상하게도 나는 반가움과 놀라움을 느꼈다. '민중'이라는 말을 너무 오랜만에 들은 탓에 맥락을 따질 겨를도 없이 일단 반갑기부터 했고, 놀랐던 이유는 그 말이 민중 자신이 아닌 민중을 개·돼지 취급하며 적대시하는 자의 입에서 나왔기 때문이다.

한국 근대사에서 민중의 가장 오랜 친구였던 문학에서도 이제는 민중문학이라는 말은 듣기 힘든 것이 되어가고 있다. 지난 시절 아름답게 꽃피었던 민중미술이나 민중가요도 1990년대 후반 들어 자취를 감췄다. 어디서든 '민중'이라는 말 자체를 듣기 어려웠다. 그렇게 잊히는가 싶던 '민중'이 다시 매스컴을 타기 시작했다. 그런데 다시 등장한 '민중'은, 민중이 자신을 일컫기 위해서가 아니라 민중의 적이 자신의 적을 부르는 데 쓰이고 있었다.

나향욱의 발언 속에서 '민중'이 어떤 의미로 쓰이는지 봐야 한다. 기자가 "(당신이 말하는) 민중이 누구냐" 하고 묻자 그는 "(한국 사회 구성원의) 99퍼센트"라고 답한다. 그에 의하면 우선 민중은 신분제로 묶어놓아야 할 타자, 1퍼센트 지배계층의 타자이다. 미국의 흑인이나 히스패닉이 그런 것처럼 신분 상승은 꿈도 꾸지 못하게 해야 할 완전한 타자이다.

나향욱에게 민중은 미국의 흑인이나 히스패닉 이민자의 의미였을까. 그는 사실상 한국 사회의 민중을 미국의 유색인종과 같은 심급에서 다루고, 계급과 인종에 대한 구체적인 이해도 없이 그저 자신에 반하는 사회적 타자를 지칭하기 위해 민중이란 말을 썼다. 그러면서 언뜻 자신이 한국 사회의 지배계층임을, 그리고 자신의 자아 이상이 미국의 주류 사회 백인임을 드러냈다.

한국 사회에서 사라지다시피 한 '민중'이, 정작 민중 자신의 장소에서는 사라진 '민중'이라는 말이, 한국 사회 보수 지배계층의 머릿속에 사회적 타자의 모습으로 살아 있다. 이 사회적 타자인 민중은 신분제에 공고하게 묶여 신분 상승이 금지된 사람들이다. 팜플로나의 흑인들처럼 안과 조금도 뒤섞이지 않은 채 유령처럼 떠도는 바깥인 사람들이고, 테러범 부렐처럼 스스로를 프랑스인이라고 부르지 못하는 프랑스인과 같은 사람들이다.

아우슈비츠에 대한 제발트와 아감벤의 책은 동일자와 타자 사이에 절대적인 간극이 벌어질 때 어떤 일이 벌어지는지를 극적으로 보여준다. 유대인 대량 학살은 동일자가 타자에게 저지를 수 있는 가장 비참한 범죄였다. 독일의 인종주의자들이라는 동일자 공동체에게, 유대인은 결코 세계를 나누어 쓸 수 없는 완전한 타자였다. 이들 완전한 타자는 동일자 앞에서, 유령이나 산송장처럼 내용이 비워진 자들이면서 내면이 없는 자 취급을 당했다. 이들 타자는 내용이 없기 때문에 굳이 이해할 필요가 없었고, 내면이 없기 때문에 굳이 공감할 필요가 없었다.

나는 한국 사회는 다르다고 말할 수 없다. 왜냐하면 박근혜와 최순실 일가가 무슨 짓을 했는지, 자신들의 사리사욕을 위해 사회의 시스템을 어떻게 망가뜨려왔고, 어떠한 부정한 방법으로 10조 원의 재산을 축적해왔는지 밝혀지는 과정을 매일 보고 있기 때문이다. 그들에게도 역시 민중은 개·돼지가 아니었을까. 개·돼지에게는 내용도, 내면도 없다. 그래서 민중이 무엇을 바라는지 굳이 이해할 필요도 느끼지 못했고, 민중이 어떤 고통을 당하고 있는지 굳이 공감할 필요를 못 느꼈던 것은 아닐까. 그들에게 민중은 팜플로나의 흑인이나 니스의 이슬람 이민자, 아우슈비츠의 유대인과 무엇이 얼마나 다른가.

피부색과 혈통이 같다고 해서 타자의 문제가 발생하지 않는 것은 아니다. 한국 사회에서 앞으로 타자의 문제가 심각해진다면 계급적 타자의 문제가 될 가능성이 크다. 하지만 역사의 비극들에서 보듯, 사회는 언제나 새로운 타자가 나타날 가능성을 염두에 두어야 한다. 예상치 못한 새로운 타자의 문제가 발생할 가능성을 늘 열어두어야 한다.

한국 사회는 새로운 타자, 새로운 타자의 문제를 위한 사회의 빈 장소를 항상 준비해두어야 한다. 왜냐하면 그것이 에마뉘엘 레비나스를 빌려 지크문트 바우만이 한 말처럼, 인간이 인간으로서, 사회가 사회로서 제 역할을 하는 것일 테니 말이다. "레비나스에게 '타자들과 함께 있음'은 인간존재의 가장 근원적이고 제거할 수 없는 속성으로 가장 먼저 무엇보다도 책임성을 의미한다. '타인이 나를 바라보고 있기 때문에—그를 위해서 내가 책임을 떠맡지 않았다 하더라도—나는 그에게 책임이 있다.' [……] 단연코 나의 책임(성)은 무조건적이다. 책임(성)은 대상의 질에 대한 사전 지식에 의존하지 않는다. 책임성은 그런 지식에 우선한다."[11]

[2017]

11 지크문트 바우만, 『현대성과 홀로코스트』, 정일준 옮김, 새물결, 2013, pp. 304~05.

과거는 어째서 자꾸 돌아오는가

지난 계절에 「남근중심주의와 젠더의 재현」(본 책 수록, 이하 「남근중심주의」)을 쓰면서 한 가지 의문을 풀지 못했다. 한국 사회에서 페미니즘운동이 일어났던 게 지금이 처음이 아니지 않느냐는 의문이었다. 내가 대학을 다니던 1990년대 초반에 이미 페미니즘운동이 벌어지고 있었고, 나는 그 사실을 알고(알기만 하고) 있었다. 하지만 나는 마치 처음 여성운동을 접한 사람처럼 「남근중심주의」를 썼고 잡지에 실었다.

수전 팔루디가 『백래시』에서 말하고 있는 것 하나는 여성운동이 자꾸만 반복된다는 사실이다. 여성운동은 '페미니스트'라는 단어가 처음 등장한 1895년 훨씬 이전부터 주기적으로 일어났다. 팔루디에 따르면 19세기 중반, 1900년대 초, 1940년대 초, 1970년대에 여성운동이 크게 일어났다. 이 반복은 최근의 '미투운동'으로 다시 이어지고 있다. 그리고 여성이 권리를 주장하려 할 때마다 그 목소리를 묵살하고 억압하려는 남성들의 목소리도 반복해 일어났다. "여성들의 힘이 워낙 드세져서 내 집 안에서 우리의 독립이 사라져버렸고 이제는 공공연하게 짓밟히고 깔아뭉개지고 있다"[1]라는, 요즘 SNS에서 종종 보이는 남성들의 한탄은 기원전 195년에 고대 로마의 정치인 카토가 이미 한 말이다.

수전 팔루디는 에이드리언 리치의 말을 빌려 "여성들의 정치적, 역사적 과거를 말살하는 행위는 매번 새로운 세대의 페미니스트들을 시간의 표면 위에 돋아난 이상한 돌출물처럼 보이게 한다"[2]고 말한다. 묵살된 운동은 반복되기 마련이지만, 그 반복을 매번 처음인 듯 보게 하는 것은 망각의 힘이다. 지나간 운동이 어떤 이유에선가 사회 전반의 기억 속에서 억압되어 망각된다면, 다시금 그 운동이 등장했을 때 처음 보는 낯선 주장과 행동처럼 보

1 수전 팔루디, 『백래시』, 황성원 옮김, 아르테, 2017, p. 130.

2 같은 책, p. 109.

일 것이다.

이상한 돌출물처럼 반복되는 또 다른 운동은 노동운동이다. 며칠 전 파인텍 해고 노동자들이 426일간의 고공 농성을 풀고 협상을 이뤘다. 고공 농성의 역사는 꽤 오래되었다. 『체공녀 강주룡』(박서련, 한겨레출판, 2018)의 주인공 강주룡이 한국 최초로 고공 농성을 벌인 게 1931년이었다. 1990년대에는 현대중공업 노동자들이 크레인에 올라갔고 2009년에는 용산참사가 일어나 여섯 명이 사망했다. 내가 통찰력이 있는 사람이라면, 노동자들이 장기간의 고공농성 같은 극단적인 선택을 반복적으로 하게 하는 상황에 대해 의문을 품고 풀려고 했을 것이다. 하지만 나는 그저 뉴스를 소비하기만 했고, 조만간 누군가 또 굴뚝에 올라가더라도 고공 농성을 처음 보는 사람처럼 1일부터 날짜를 세어나갈 것이다. 적어도 1931년 강주룡이 올라갔던 날부터 세어야 하지 않겠냐는 의문은 품지 못할 것이다.

하지만 어디인가에는 과거를 똑똑히 기억해두었다가 묵

살되었던 운동이 다시 일어났을 때, 지금이 처음은 아니라고 말해주는 사람이 있기 마련이다. 『백래시』에 실린 손희정의 「해제」에는 1990년대에 대한 회고가 나온다. 1990년대는 한국 사회에서 여성들의 사회 진출이 활발해진 시기였고 "영페미니즘 운동을 비롯해 여성운동의 영향력이 점점 커지고" 있던 시기였다. 하지만 그 시기는 곧 끝난다. 1997년 IMF 외환위기가 닥치고 국가적 위기가 강조되면서 "국가나 가족과 같은 전통적 가치들에 기대는 풍조가 되살아나고", 해고와 감원 열풍 속에서 노동시장은 "남성 중심적으로 재편되"었으며, "이는 여성에게 다시 모성을 강조하고 희생을 강요하는 구조로 이어"졌다.

손희정은 그러한 여성운동의 후퇴를 "신자유주의 기획의 산물"[3]이라고 봤다. 1990년대에 활기를 띠었던 노동운동의 후퇴도 그 기획의 산물이었다. 군사정권에 맞선 민주화운동과 맞물려 돌아가던 노동운동은 IMF 구제금융 앞에서 노동시장 유연화 정책을 반대하는 입장

3 같은 책, p. 14.

을 지킬 수가 없었다. 정리해고제와 파견근로제 같은 기업의 입장을 대변하는 제도들이 합법화되었고, 기업들은 "노동자의 희생을 극대화시키는 방향으로 구조조정을 이끌어나가면서 비정규직 노동자가 크게 증가되었다".[4]

그 1990년대에 나는 작가가 됐고 이십대를 보냈다. 하지만 그 시기에 대해 제대로 말할 능력이 있는 건 아니다. 내 경험은 매우 좁은 범위에 한정되었고 관심사도 일상을 벗어나는 일이 없었다. 파편적인 기억들에 의존해 말하자면 1990년대 초반의 민주화운동은 틀림없이 2016~17년 겨울의, 박근혜 퇴진을 불러왔던 촛불혁명의 열기에 육박하는 것이었다. 노동운동과 여성운동도 전진하고 있었다. 감옥에 다녀와 시를 쓰려는 한 노동자에게서 '벽시 운동'에 대한 이야기를 들었던 경험은 지금도 또렷하다. 여성운동도 마찬가지여서, 『이프』 이전에 이미 여성의 문제를 다뤘던 『또 하나의 문화』라는 무크지가 나오고 있었고 『현대시사상』이라는 시 전문 잡지에서까

4 비정규직 항목, 『한국민족문화대백과사전』, 한국학중앙연구원.

지 마르크시즘와 페미니즘을 특집으로 다뤘다. “우리나라의 1990년대 초반은 서로 어울리지 않는 온갖 것들이 경합을 벌이던 시기였다. 대중 소비사회의 꽃과 같은 팝아트의 대규모 전시가 열리는 한편에선, 마르크스의 『자본론』이 김수행의 번역으로 최초로 완역되어 나왔다. 백산서당 판 『공산당선언』과 『포스트모더니즘의 이해』가 한해 간격으로 출간되어 나란히 서점에 깔리기도 했다.”[5]

1993년 군사정권이 물러났고 김영삼 문민정부가 들어섰다. 그렇다면 개혁은 성공하고, 마침내 노동자와 여성의 삶은 희망 찬 것이 되었을까. 부끄럽지만 그 이후에 대한 기억은 없다. 아마 군부가 물러났으니 내 할 일은 다했다고 (실제로 한 일은 없었지만) 생각했던 모양이다. 내가 소설가가 되긴 했다. 사회주의권이 무너졌으니 이데올로기의 중압감도 사라졌고, 군사정권이 물러났으니 공포정치에 대한 두려움도 가셨다. 그런 상황에서 어떤 문학이 가능할 것인가, 아마도 그런 관심이 문단에 있었

5 백민석, 『리플릿』, 한겨레출판, 2017, p. 191.

을 것이다. 내게 '신세대 소설가' 딱지가 붙었고(지금 그 얘기를 하면 모두가 박장대소를 한다), 뭔가 우쭈쭈해주는 분위기가 있었다.

1997년이 됐고, 동아시아에 외환위기가 찾아왔다. 부패하고 무능하긴 문민정부도 마찬가지였다. 손희정의 말처럼 IMF의 신자유주의 기획 앞에서 많은 것이 후퇴했다. 외환 위기부터 현재에 이르기까지 고용 불안이 만성화되었고 비정규직 비율은 OECD 평균의 두 배에 이르게 되었다. 시장은 자본의 목소리가 아닌 어떤 것도 좀처럼 대변하지 않는다. 낙태죄 폐지를 반대하고 출산율이 급락했다고 여성을 탓하는 목소리는, 사실상 여성을 노동시장과 부동산 시장에 새로운 인적 자원을 공급할 '아기 공장'으로 보는 자본의 목소리다. 「남근중심주의」에서 말했듯이 '사물화'는 젠더 불평등을 판단하는 데 유용한 분석 도구다. 자본은 무엇이든 사물화한다. 여성이 자본에 의해 존엄을 박탈당하고 사물화되어가던 IMF 시절에 여성운동은 제 힘을 발휘하지 못했다.

사물화되어가는 노동자들을 두고 힘을 못 쓰긴 노동운동도 마찬가지다. 1990년대 이후 노동자의 실존은 공장을 돌아가게 하는 기계 부품에 가까워졌다. 나는 이미 「노동의 황혼」(『리플릿』)에서 그에 대해 이야기했다. 1993년 작인 진영조의 「밥」에 등장하는 노동자와, 2010년대 작인 류노아의 작품들에 등장하는 노동자의 모습을 비교한 글이었다. 진영조의 인물은 아직 인간이다. "이 비할 데 없이 강인한 인물상에서 느껴지는 것은, 자신의 삶과 터전에 대한 꿋꿋한 자부심과 삶과 터전을 어떻게든 지켜내겠다는 굳센 의지다."[6] 한편 류노아가 재현한 2010년대의 노동자는 거의 기계다. "노동효율의 극대화를 위해 팔이 세 개씩 달려 있기도 하고, 작업의 성격에 맞춰 중장비처럼 거대한 몸집을 갖고 있기도 하다. 인물에 개성은 주어지지 않는다. 이들은 철거현장에 투입된 기계와 같은 정체성을 갖는다."[7] 진영조와 류노아가 재현한 노동자를 보면, 1990년대에는 인간이 세상을 창

6 같은 책, p. 95.

7 같은 책, p. 102.

조했지만 2010년대에는 자본이 인간과 세상을 창조한다는 느낌이 든다.

내가 남성과 여성의 현실을 동일하게 놓고 보는 것은 아니다. 여성은 남성에 의해 한 번 더 사물화된다. 남성이 자본의 논리에 의해 사물화될 때, 사물이 되면서 소외된 인간적인 감정들은 울분이 되고, 자신보다 약자인 여성에게 전가된다. 이것도 반격, 백래시다.

수전 팔루디에 따르면 그들 "경제적 희생자들은 누군가가 자신의 미래를 훔쳐 달아났다고 생각하는 남성들이다. 그리고 이들은 그 절도범이 여성이라고 의심한다." 문제는 남성들로부터 미래를 앗아간 자들이 여성이 아니라는 사실이다. 이 백래시의 선봉대인 "가난하거나 교육 수준이 낮은 남성들은" 사실상 "반페미니즘 테제의 창시자들이라기보다도 수용자들"이다.

진짜 범인은 따로 있다. 수전 팔루디의 통찰처럼 "훨씬 많은 부와 영향력을 가진 남성들, 미디어와 재계, 정계를 주름잡는 남성들"[8]이 훔쳤다. 그 절도의 철학이 신자유주의이고, 그 수단의 하나가 비정규직을 양산한 노동시장 유연화이며, 그 절도의 결과가 지금의 경제 양극화이다.

1990년대 이후 긴 침묵 끝에 여성운동이 돌아왔다. 노동운동은 아직 귀환했다고 말하기 어렵지만 노동자들의 목소리는 촛불혁명의 과정에서 적지 않은 역할을 했다. 여성운동이든 노동운동이든 한국은 짧지 않은 과거를 갖고 있다. 그리고 '미투운동'처럼 세계의 흐름과 동조되는 경향이 점차 강해지고 있다. 하지만 어째서 아직도 '돌아오고' 있을까. 젊은 여성들은 왜 수십 년째 낙태죄 폐지를 요구하고 있고, 노동자들은 왜 백 년 가까이 굴뚝에 올라가고 있을까. 그리고 나는, 어쩌면 우리는 왜 이 반복적인 운동들을 매번 마치 처음 접한 "이상한 돌출물"처럼 놀란 눈을 뜨고 소비하고 있을까.

한국 사회에서 사회적 약자들의 목소리는 쉽사리 묵

8 수전 팔루디, 같은 책, p. 135.

살되고 억압되어 망각된다. 묵살과 억압의 결과인 망각이 과거의 반복을 부른다. 망각은 여성운동과 노동운동의 이슈가 터져 나올 때마다 그 이슈를 돌발적이고 돌출적인 것으로 인식하게 하고, 그러한 불연속적인 인식이 사회의 개혁을 가로막고 다시금 망각하게 한다. 묵살과 억압의 주체는 '부와 영향력을 가진, 미디어와 재계, 정계를 주름잡는 남성들'이지만 그 묵살과 억압을 받아들여 망각한 짐은 한국 사회의 모두가 짊어진다. 망각된 이슈는 언제고 다시 돌아와 한국 사회 전체를 한낮의 가위처럼 짓누를 것이다.

이 망각된 과거의 '귀환'은 우리에게 익숙한 테마다. 어디서든 한 번쯤은 들어봤을 법한 말들이다. 1852년, 마르크스는 「루이 보나파르트의 브뤼메르 18일」에서 "모든 거대한 세계사적 사건들과 인물들은 말하자면 두 번 나타난다"고 지적하면서 이렇게 덧붙인다. "한번은 비극으로, 다른 한 번은 소극笑劇으로."[9]

9 카를 마르크스 · 프리드리히 엥겔스, 『저작 선집 2』, 최인호 외 옮김, 박종철출판사, 2007, p. 287.

1883~85년 사이, 니체는 「이 사람을 보라」에서 "영원 회귀"라고 이름 붙이게 되는 사유를 『차라투스트라는 이렇게 말했다』에서 전개한다. 난쟁이가 "진리는 하나같이 굽어 있으며, 시간 자체도 일종의 둥근 고리다"라고 말하자 "나"는 대꾸한다. "모든 사물은 이처럼 견고하게 연결되어 있는 것이 아닌가? [……] 우리들도 영원히 돌아올 수밖에 없지 않은가?"[10]

1915년, 프로이트는 「억압에 관하여」에서 이렇게 말한다. "억압의 본질은 어떤 것을 의식으로 진입하지 못하게 하여 의식과 거리를 두게 하는 데 있는 것이다."[11] 하지만 억압된 것은 언제고 돌아온다. "이 한 줌의 진실은 오랫동안 억압되어 있었다. 이 진실이 마침내 왜곡된 형태로 의식에 다다를 때 그에 연결되어 있던 확신의 감정은 보상 작용을 통해 엄청난 강도를 갖게 된다."[12]

10 프리드리히 니체, 『차라투스트라는 이렇게 말했다』, 정동호 옮김, 책세상, 2000, pp. 258~59.

11 지크문트 프로이트, 『정신분석학의 근본개념』, 윤희기 · 박찬부 옮김, 열린책들, 2003, p. 139.

12 지크문트 프로이트, 『예술, 문학, 정신분석』, 정장진 옮김, 열린책

발언의 내용은 서로 다르지만, 눈에 띄는 점은 과거는 그냥 흘러가버리지 않는다는 공통된 인식이다. 지나간 사건은 다시 나타나고(마르크스), 순간은 영원히 반복되고(니체), 억압된 진실은 반드시 돌아온다(프로이트). 이 세 발언들 중 내가 가장 많이 봤던 발언은 마르크스의 발언이다. 정말 여기저기서 많이 읽었는데, 대개는 남성의 글들에서였다.

마르크스의 발언에서 남성들이 좋아할 만한 요소가 무엇일까. 아마 비극이 희극이 되어 돌아온다는, 돌아온 과거를 희극으로 치부할 때 느껴지는 여유로움이 아닐까. 실제로 비극적 상황 앞에서 웃을 수 있는 자는 대개 사회적 지위가 우월한 남성들이다. 손희정의 「해제」에도 그 여유로운 남성들이 등장한다. 남성들은 묵살과 억압을 뚫고 돌아온 과거를 조소한다. "혐오 발화와 차별 선동에 문제를 제기할 때마다 돌아오는 '웃자고 하는 말에 죽자고 달려든다'는 조소."[13] 페미니즘을 향한 그 조소란

들, 2003, pp. 100~01.

13 수전 팔루디, 같은 책, p. 7.

바로 여유로운 남성들의 백래시다.

하지만 마르크스의 그 발언은 맥락이 생략된 채 유행을 탔다. 뒷부분을 마저 읽는다면 돌아온 과거가 그리 희극적이지도, 여유롭지도 않다는 사실을 깨닫게 될 것이다. 마르크스는, 역사란 인간 자신이 만드는데 물려받은 상황 아래에서 만든다고 전제하고 이렇게 덧붙인다. "모든 죽은 세대들의 전통은 마치 꿈속의 악마처럼, 살아 있는 세대들의 머리를 짓누른다."[14]

우리 헬조선이 그렇지 않나. 여성운동이든 노동운동이든 또다시 묵살되고 억압되어 망각된다면, 2020년대에도 과거는 반드시 "꿈속의 악마처럼" 되돌아와 우리 후대의 머리를 짓누를 것이다. 출산율 급락으로 인한 인구절벽을 예로 들 수 있다. 수전 팔루디의 지적처럼 자신의 생식 능력을 통제할 수 있는 여성들은 "사회적 실천의 말없는 저류"처럼 출산을 줄인다. "가족의 크기를 제한할 수 있는 능력은 분명 여성의 상황을 개선"[15]할 수 있다.

14 카를 마르크스 · 프리드리히 엥겔스, 같은 책, p. 287.

15 수전 팔루디, 같은 책, p. 120.

남성들이 여성들을 사물화하고 페미니즘을 조롱하는 동안, 여성들은 자신의 존엄과 생명을 지키기 위해 말없이 출산을 포기해왔고 앞으로도 기꺼이 포기할 것이다.

우리, 특히 남성들은 사회적 약자들의 문제에 대해서라면, 그 어떤 것도 묵살하고 억압해서 망각의 늪으로 끌고 들어가선 안 된다.

[2019]

남근중심주의와 젠더의 재현

지금은 남성 소설가가 아무렇게나 지껄여대기 힘든 때다. 세상은 『문학과사회 하이픈』 원고 청탁서에 씌어진 대로 "리얼리즘과 모더니즘이라는 상투적 이분법" 사이에서 어느 한쪽을 선택하면 되었던 20세기 후반에서 한참이나 멀리 와버렸다. 문학은 출판을 통하지 않으면 의미를 찾기 어려우므로, 리얼리즘과 모더니즘 사이에서의 선택은 곧 출판사에 대한 선택이기도 했다. 리얼리즘이 좋다 싶으면 리얼리즘 문학 출판사로 가면 되었고 모더니즘이 좋다 싶으면 모더니즘 문학 출판사로 가면 되었다.

하지만 이제 그런 "상투적 이분법"은 사라지고 있다. 많아진 출판사만큼이나 출판사들의 성향도 다양해졌다. 자신의 미적 감수성과 지적 능력이 허용하는 만큼의 다양한 갈림길들이 소설가 앞에 나 있다. 그런 갈림길 중에는 "젠더 불평등 이슈"[1]도 있다. 이제까지 불평등의 이익(세계문학전집에서 남녀 작가 수를 세어봅시다)을 누려왔던 남성 소설가들에게는 거꾸로 불평등할 수도 있는 갈림길이다. 게다가 젠더 불평등을 노골적으로 옹호하는 출판사는 보이지 않으니, 이 길이 싫다고 편리하게 다른 길로 옮겨갈 수도 없다.

우리 한국 남성은 불평등한 사회 구조에서 우위에 있다는 사실에 도취된 나머지 방심하는 경향이 있다. 방심해서 이것저것 마구 휘두르기도 하는데 어쩌다 공론화가 되면 SNS에서는 놀림거리가 되고 사회적으로는 지탄의 대상이 된다. 한국 남성들의 젠더적 도취는 또한 상업주의의 좋은 먹잇감이 되기도 한다. 나는 2015년에 젠더 이슈로 칼럼을 쓴 적이 있다. 내로라하는 미술관에서 19세기 유럽의 풍경화들을 모아 전시회를 열었다. 포스터에는 비토리오 코르코스의 「작별」이라는 작품이 쓰였다. 남성 관람객을 성적으로 자극하기에 딱 좋은 그림이었

1 『문학과사회 하이픈』 2018년 겨울호 원고 청탁서.

비토리오 코르코스, 「작별」.

다. 가보니 「작별」 속의 실물 크기로 그려진 여성의 화사한 드레스 아래, 남성 관람객들의 머리가 새카맣게 몰려들어 있었다. 나도 그 남성들의 하나였으니 칼럼은 나 자신의 반성문이 되었다. 우리나라 미술관에 평소 남성 관람객 수가 얼마나 적은지 생각하면 그 풍경화 전시회를 찾은 남성 상당수는 「작별」의 여성을 보러 갔다고 말할 수 있다.

「작별」은 남성의 성적 판타지를 보란 듯이 캔버스에 재현해놓은 작품이다. 「작별」은 공적인 공간에 걸려 사회적 맥락을 띠게 될 때 젠더적 의미를 갖는다. 여성에게는 여성의 외모에 대해 남성의 기준을 강요한다는 점에서 억압적이고, 남성에게는 남성의 성적 판타지를 자극해 성을 상품화하는 데 일조하게 한다.

내가 그 반성문을 쓴 계기는 「작별」 아래 모여 부끄러움도 없이 자신의 판타지를 노출한 (나를 포함해서) 우리 한남들이 한심하고 창피해서였다. 나는 남성들이 예술작품에서 여성들을 재현하는 데 있어 잘못을 저지르고 있다는 이야기를 했다. 칼럼의 말미에는 "여성을 이해하는 데 있어 남성에겐 넘을 수 없는 한계가 있"으므로 "남성도 페미니스트가 될 수 있는지 의문이다"[2]라고 썼다. 지금도 그 생각엔 변함이 없다.

젠더 불평등 이슈는 사회에서 불평등한 위치에 있는 남성들의 문제이기도 하다. 여성을 억압하는 남성은 상대적으로 약자인 남성도 억압한다. 이 말을 하면 누군가는 사회적으로 약자인 남성이라도 여성한텐 강자 행세를 한다, 라고 대꾸할 것이다. 맞는 지적이다. 한 사회를 불평등한 구조로 이끌고 가는 것은 동서고금을 막론하고 부와 권력을 가진 소수의 남성이었다. 그리고 그 소수에 속하지 않더라도 (자기에게도 달콤한 열매가 떨어지리라고 기대를 하면서) 다수의 소외된 남성들은 소외의 울분을, 자신보다 더 소외된 처지의 여성들에게 푼다.

2016년 겨울에는 한 문예지에 M. R. 제임스에 대해 썼다. M. R. 제임스는 19세기 후반부터 20세기 초반까지

2 백민석, 『리플릿』, 한겨레출판, 2017, p. 125.

주로 초자연적인 악마나 괴물이 등장하는 공포소설을 썼다. 그가 창조한 악마나 괴물은 대개 영국 빅토리아 시대의 지식인과 귀족 남성이 억압했던 사회적 약자들을 표상한다. 지배계급 남성이 부리는 아내나 하녀 같은 여성들과, 신분이 낮은 하인 같은 남성들이다. 이들이 주인의 무의식 속으로 악몽이 되어 귀환한다.

제임스의 소설에서, 지배계급 남성은 자신의 삶을 더 편하게 하고 착취를 더 용이하게 하기 위해 아내와 남녀 하인들을 억압한다. 정상적인 형상을 억압하면 말 그대로 일그러져 왜상이 된다. 강하게 억압하면 할수록 왜상의 정도도 더 추해지고 역겨워진다. 억압은 여성과 하인들을 마침내 지옥에서 불려 나온 존재로 만든다. 지옥의 존재를 괴롭히는 건 부덕도 아니고 잘못이 아니다. 그러므로 억압은 정당해지고 양심의 가책도 잊게 된다.

하지만 지배계급 남성의 딜레마는 자신이 억압한 아내와 하인들과 함께 살을 맞대고 살아야 한다는 사실에 있다. 그들이 없이는 삶을 유지할 수가 없다. 아내는 자식을 낳아야 하고 하인들은 집안일을 돌보아야 한다. 그런 일을 지옥에서 불려 나온 존재에게 맡길 수는 없으므로, 남성들은 미켈란젤로의 「피에타」로 재현된 천국의 판타지를 만들어냈다. 성모 마리아라는 순결하고 성스러운 왜상이다. 남성이 꿈꾸는 모성의 결정체인 성모 마리아는 지배계급 남성을 감싸주고 위로해주며, 희생을 통해 헌신과 자비를 베푼다.

성모 마리아가 남성의 딜레마를 해결해준다. 여성은 남성에게, 성적으로 착취당할 때는 추하고 역겨운 악마이면서(그래야 죄책감이 덜 느껴지니까), 가정을 꾸리는 동반자일 때는 아기 천사들에 둘러싸인 순결한 성모 마리아(그래야 안심하고 가정을 맡길 수 있으니까)로 재현된다. 휘트니 채드윅은 서양에서 성모 마리아가 모성의 표상으로 재현된 역사적 기원을 추적한다. "기독교의 표현은 이브와 성모, 즉 유혹자와 성인이라는 대립적인 여성 이미지를 설정하는 데 초점을 맞추었다. [……] (11세기) 봉건제도의 출현과 시기적으로 일치하는 그레고리우스 7세의 개혁은 [……] 여성 신비주의라는 새로운 전통을 발생시켰을 뿐만 아니라, 12세기 성모 숭배에서 정점에 이른 신성한 여성상의 이데올로기를 강조했다."[3]

남성에 의한 여성의 재현은 이렇게 성모 마리아와 이브라는 양극단, 천국과 지옥을 오가는 두 왜상을 통해 재현된다. 아담을 타락시키는 유혹자인 이브는 경우에 따라 '팜므 파탈'로 불리기도 하고 '마녀'가 되어 화형을 당하기도 했다. '팜므 파탈'은 기독교 전통이 없는 우리의 언어문화에서는 비슷한 의미로 대체로 '화냥년'이라고 불렸다. 성모 마리아 역시 우리에게는, 율곡 이이를 잘 키운 '신사임당'으로 표상되는 현모양처로 재현된다. 재현된 겉모습만 다를 뿐, 비슷하게 가부장제가 발달한 나라들에서 그 하는 역할과 상징적 의미는 같다.

남성이 페미니스트가 아니면서 젠더 불평등 이슈에 대해 이야기하고 싶다면, 애초에 젠더 불평등을 가져온 근원으로 거슬러 올라가면 된다. 나는 비록 여성의 문제엔 둔감하지만, 다른 사회적 약자가 겪는 부당한 처지들에 대

3 휘트니 채드윅, 『여성, 미술, 사회』, 김이순 옮김, 시공아트, 2006, p. 59.

해서는 어느 정도는 민감한 편이다. 나 자신이 그 처지에 있기 때문이다. 내 민감함은 학벌과 부가 결정하는 사회적 불평등 이슈에 대한 것이지만, 젠더적 불평등과 사회적 불평등의 꼭대기에 올라앉은 것은 (M. R. 제임스의 소설처럼) 부와 권력을 가진 소수의 남성들이다.

지크문트 바우만은 17세기 데카르트의 철학에서 소수 남성이 지배하는 세계의 철학적 기원을 본다. 데카르트는 인간을 '사유하는 주체'와 '사유의 대상인 객체'로 나누고, 주체에게는 행위하는 인간의 지위를 주고 객체에게는 주체의 행위를 의식 없이 받아들이는 사물의 지위를 주었다. 주체/객체라는 이러한 위계는 "우월감과 종속, 명령과 복종, 행동의 자유와 순종의 필연성의 경험"이라는 "작동 중인 권력에 대한 일반적 경험이 반영된 것"이다. 데카르트의 주체/객체에 대한 서술은 권력, 통치, 지배의 서술과 "놀라울 만큼 유사하다."[4]

더불어 주체/객체에 대한 서술은 놀랄 만치 젠더 불

4 지크문트 바우만, 『왜 우리는 불평등을 감수하는가?』, 안규남 옮김, 동녘, 2013, p. 98.

평등 이슈에 대한 서술과도 유사하다. 영어에서 객체를 의미하는 말 'object'의 활용인 'objectification'에는, 객관화라는 의미와 함께 (인간을) 대상화하고 물건 취급한다(사물화한다)[5]는 뜻도 있다. 여성의 '대상화'나 '사물화'는, 젠더 불평등 이슈에서 불평등을 판단하는 데 빼놓을 수 없는 분석 도구가 된다.

우리는 바우만의 분석에서 젠더 불평등과 사회적 불평등이 똑같은 소수 남성 권력의 지배에서 나왔음을 깨닫게 된다. 주체에 의한 객체의 지배, 주체에 의한 객체의 차별과 불평등이다. "본래 수동적이고 감각이 없고 말을 할 줄 모르는 사물들(객체들)은 본래 능동적이고 지각과 판단 능력을 가진 주체들에 봉사하기 위해 거기 존재할 뿐이다."[6] 자신을 지배계급으로 착각한 한 고위공무원의 '민중은 개·돼지' 발언을 보면, 착취당하는 남성들 역시 여성들과 똑같이 대상화된다는 사실을 깨닫게 된다. 다만 그 재현에 성적인 함의만 없을 뿐이다.

5 〈옥스퍼드 영어사전〉.

6 지크문트 바우만, 같은 책, p. 99.

부와 권력을 쥔 소수의 주체들에게 객체란 그저 대상, 수동적이고 사유 능력이 없는 사물들일 뿐이다. 대개 남성으로 구성된 이 소수의 주체는, 사유할 줄 몰라 비판할 수 없고 수동적이라 따질 수 없는 객체들을 마음 놓고 착취한다. 사물에 불과하니 양심의 가책을 느낄 필요도 없다. 우리는 이 객체에 붙는 현실의 이름들을 알고 있다. 노예, 소작농, 저임금 노동자, 하층 계급, 가난뱅이, 무식쟁이, 창녀, 프롤레타리아, 동물, 비정규직, 임대아파트 거주자 그리고 아동과 여성 들이 있다. 지배하는 소수의 남성들은 여성들에게뿐만 아니라 남성들에게도 해롭고 위협이 된다.

채드윅과 바우만의 분석은 젠더 불평등이 역사적으로 어떤 기원을 갖고 있는지 밝혀준다. 인간의 정신생활을 구성하는 종교와 철학이, 종교는 여성을 이브와 성모로 만들어 억압하고, 철학은 여성을 대상화하고 사물로 만들어 억압했다. 종교는 천 년 이상, 근대 철학은 5백 년 이상 서양의 정신생활을 좌지우지해왔다. 우리 한국은 그 서양에 의해 근대화를 이뤘고, 그에 더해 유교 전통까지 껴안고 있다. 젠더의 재현은 리얼리즘/모더니즘보다, 근대의 산물인 소설보다 한참 더 깊고 오래된 문제다.

2017년에는 허먼 멜빌의 『모비 딕』에 대한 리뷰를 썼다. 이 흥미로운 소설에서는 주체/객체의 위계가, 남근을 상징하는 향유고래와 고래잡이들을 통해 재현된다. 향유고래는 머리 쪽에 정액과 비슷한 경뇌유를 담고 있어서 "정액고래sperm whale"[7]라고 불리기도 하고, 모비 딕Moby Dick의 'Dick'은 영어의 속어로 남근을 뜻하기도 한다. 모비 딕은 종의 이름으로 보나, 개체의 이름으로 보나 남근을 가리킨다고 할 수 있다. 그리고 흰 고래이니, 백인의 남근을 상징한다고도 볼 수 있다.

한편 모비 딕을 상대로 싸우는 고래잡이들은 소설 속에서 사회적으로 거세된 남성, 야만인들과 소외된 백인들이다. 고래잡이들은 백인 남성 주체들에 의해 뭍의 사회에서 쫓겨난 남성, 버림받은 객체의 정체성을 가진다. 주

7 허먼 멜빌, 『모비 딕』, 김석희 옮김, 작가정신, 2010, p. 210.

인공 이슈메일은, 성경에 나오는 아브라함의 버려진 서출의 이름을 가졌다. 이렇게 볼 때, 『모비 딕』은 백인의 거대하고 포악한 남근을 향해 돌진하는 소외되고 거세된 남성들의 서사가 된다. 백인의 남근중심주의에 저항하는, 주체를 살해하려는 객체들의 서사다.

남근은 그저 생식기만은 아니다. 남근은 남성에게 젠더적 남성의 지위를 보장하고, 남성의 젠더적 습속을 형성하게 하며, 남성 지배를 정당화해주는 남근중심주의의 근거가 된다. 세상의 중심에는 남성이 있고 남성의 중심에는 남근이 있다는 주의가 남근중심주의다. 남근중심주의의 내용은 이처럼 빈약하고 단순하고 우스꽝스럽다. 하지만 남근중심주의는 나치의 인종주의가 그랬던 것처럼, 현실의 구석구석까지 영향력을 미치며 세상의 좋은 것들을 모두 자기 쪽으로 끌어당긴다.

남근중심주의의 세계 질서에서, 여성과 소외된 남성들은 지배 남근의 주변으로 밀려나 부차적인 존재가 된다. 나는 2017년 겨울, 이 이야기를 『교양과 광기의 일기』에서 소설적으로 재현해보았다. 총에 집착하는 남성들의 행태, 서로 카메라 렌즈의 성능과 길이를 비교하는 행태, 중심에서 밀려날까 봐 노심초사하는 행태…… 그에 더해 남성들이 가지는 또 하나의 젠더적 판타지인 여성의 자궁에 대한 판타지도 다뤘다.

> 카사(주택의 한 형태)가 여성명사라는 점에 착안해, 카사만 봐도 여성의 중심이 그리 안락한 장소가 아니지 않느냐는 의견을 낼 수 있다. 남성들이 언제나 돌아가고 싶어 하는 곳, 안락한 요람이라는 은유의 원관념, 평생을 두고 쫓아다니는 스위트 홈의 기원은 여성의 자궁인데…… 이 모두는 남성들의 판타지 속에나 존재하는 것이지, 그런 낙원은 판타지의 바깥, 여성의 신체에는 없다.
>
> 남성들이 돌아가고 싶어 하는 엄마의 자궁은 카사의 중정이 그런 것처럼, 종종 비바람이 치고 땡볕 아래 벽의 칠이 벗겨지고 우기에는 곰팡이가 피고 때로는 내부자들끼리의 끔찍한 폭행이 벌어지기도 하는, 한데와 다를 바 없는 곳일 수도 있는 것이다. 여성의

자궁은 안락한 요람도 영원한 안식처도 아닌, 지극히 현실적인 장소다.[8]

여성의 자궁을 안락함, 요람, 고향, 탄생과 다산의 장소로 재현하는 모노톤의 판타지는 성모 마리아의 판타지와 다를 바 없다. 여성의 현실과는 무관한 왜상이자, 여성에게 자기희생을 강요하는 억압적인 재현이다. 자궁에 대한 이런 식의 판타지는 시, 소설에서부터 미술, 영화에 이르기까지 광범위하게 발견된다. 고전과 현대, 서양과 동양을 가리지 않는다.

2018년 『헤밍웨이』에서 나는 헤밍웨이의 소설 미학을 다루며 다시 남근중심주의에 대해 말했다. 하드보일드 미학이 남근중심주의와 상호 영향 관계에 있다는 얘기였다. 하드보일드는 작품에서 인간적인 감정을 절제하고 지워버리는 재현 양식이다.

이때 걸러진 감정들은 여성 인물에게 떠넘겨진다. 여성 인물들은, 강인한 남성이 주인공인 하드보일드 작품

8 백민석, 『교양과 광기의 일기』, 한겨레출판, 2017, p. 45.

에서 사랑, 동정심, 친밀함, 양심, 자비심 같은 감정을 표상하는 연약한 역할에 고착된다. "하드보일드는 여성에게 고착된 역할밖엔 주어지지 않은 세계에서 울려나오는 남성의 목소리다."[9]

일찌감치 남근의 문제를 꿰뚫어 본 이는 프로이트였다. "(우리는 남성이) 여성의 가치를 낮게 보는 것, 여성을 두려워하는 것, 그리고 동성애 성향을 내보이는 것 등이 어느 정도는 여성에게 남근이 없다는 최종적인 확신에서 비롯된 것임을 알고 있다. [……] 어린아이들은 여성이 생식기(남근)가 없는 것은 그 여성이 무가치한 존재이기 때문이라고 믿고 있다."[10] 참 하찮은 이유다.

남근중심주의 비판은 페미니스트가 될 수 없는 남성이 젠더 불평등 이슈에 대해 발언해야 할 때 선택할 만한 입장이다. 나도 남성 소설가니 남성중심주의 비판은 곧장

9 백민석, 『헤밍웨이』, 아르테, 2018, p. 45.

10 지크문트 프로이트, 「유아의 생식기 형성」, 『성욕에 관한 세 편의 에세이』, 김정일 옮김, 열린책들, 1997, pp. 288~89.

자기비판과 반성으로 이어진다. 예전 소설들의 재출간을 준비하면서 가슴이 뜨끔거렸던 순간이 한두 번이 아니었다. 내가 썼던 글들엔 일부러 의도한 위악적인 제스처도 있었지만, 상대적으로 약자인 여성을 향한 감정적인 분풀이도 없지 않았다.

그렇다면 젠더 불평등 이슈에 맞춰 자기검열을 하자는 얘긴가, 하고 누군가는 물을 수 있다. 자기검열이 나쁘기만 한 것일까. 소설가는 늘 무엇인가를 고려해 자기검열을 한다. 가장 흔하게는 독자의 문해력을 고려해 쉬운 문장으로 고치는 경우가 있다. 가족과 친구의 눈은 무시할 수 없다. 문단 쪽이든 현실 정치 쪽이든 권력의 눈치를 보는 경우도 있을 것이다. 그러니 자기검열에 대한 부정적인 생각은 그저 핑계에 불과하다.

소설이 '언어'예술인 이상, 우리는 언어가 가진 사회적 공기公器라는 본질을 벗어버릴 수 없다. 언어는 소설가 개인의 창작 도구이면서, 동시에 한국어를 쓰는 사람들 모두가 공유하는 소통의 도구이기도 하다. 페르디낭 드 소쉬르는 이를 "의지적이고 지적인 개인 행위"인 파롤과

“개인이 수동적으로 습득하는 (사회적) 산물”[11]인 랑그로 나눴다. 파롤/랑그는 하나의 말이 동시에 놓이는 두 영역이다. 내가 소설에 쓴 어떤 낱말은, 문재인 대통령도 쓰고 거리로 몰려난 경제적 난민들도 쓰고 길에서 지나치는 낯모르는 남녀 행인들도 쓰며 이 글을 편집할 편집자도 쓰고 젠더 불평등의 피해자들도 사용한다. 모두가 쓰는 공기를 자신의 부족한 사회의식으로 불편하게 할 수는 없다.

언어가 사회적 공기라는 사실을 생각하면, 지난 시절의 리얼리즘과 모더니즘 사이의 선택에 굳이 매여 있을 필요가 없다. 소설에 애써 사회적인 메시지를 담으려고 노력할 필요도 없고, 예술의 자율성을 지킨다고 현실의 요구를 피할 이유도 없다. 사회적인 것은 이미 소설가의 언어에 지워지지 않는 얼룩처럼 묻어 있다. 소설 언어는 본질적으로 사회적이다.

이 말을 오해하면 안 된다. 소설 언어가 이미 사회적

11 페르디낭 드 소쉬르, 『일반언어학 강의』, 최승언 옮김, 민음사, 1991, p. 25.

이니 소설가가 사회적인 문제에 입을 닫아도 된다는 말이 아니다. 언어가 본디 사회적이라고 해서 소설가 개인에게 없던 사회의식이 저절로 생기지는 않는다.

내 말은, 사회적 공기라는 언어의 특성이 소설적 재현이 가지는 윤리의 기본, 디폴트 값이라는 의미다. 소설은 소설가에게 사회의식이 있으면 있는 대로, 없으면 없는 대로 민낯 그대로 드러낸다. 젠더 불평등 이슈에 소설가가 둔감하고 무책임하다면, 그 사실이 둔감하고 무책임한 사회성으로 소설에 고스란히 묻어날 것이다.

젠더 불평등 이슈가 나 같은 남성 소설가에겐 틀림없이 불편한 문제이기는 하다. 내겐 아무렇지도 않은 것이, 누군가에겐 젠더적 폭력이 될 수 있다는 사실에 민감해져야 하니까. 하지만 불편할 뿐이지 부당하지는 않다. 우리 남성은 수천 년간 불평등한 위치에서 불평등한 이익을 누려왔다. 그리고 남근중심주의라는 사회 질서를 강화하고 유지하기 위해, 종교와 철학까지 가져와 여성을 비롯한 사회적 약자들을 억압해왔다. 바우만의 이 말에는 공감하지 않을 수 없다. "본질적으로 작가란 말의 상태에 대한 직업적 책임을 다할 경우에, 오직 그럴 경우에만 '진짜' 작가이다. 작가를 '진짜' 작가로 만드는 것은 현실에 대한 말의 영향력이다."[12]

[2018]

12 지크문트 바우만, 같은 책, p. 113.

인류가 우주에서 뭘 한다고요

얼마 전 유엔에서 그레타 툰베리가 "당신들은 우리를 실망시켰고, 우리는 당신들의 배신을 깨닫기 시작했다"라고 한 연설이 세계 언론을 탔다. 여기서 "당신들"은 후기 산업사회를 주도하면서 환경 범죄를 일으키는 정재계의 인사들을 가리키고, 또 머리로는 환경을 걱정하면서 몸으로는 자동차를 포기하지 못하고 생활 쓰레기를 양산하는 인류를 가리킨다.

그녀의 연설은 언론을 떠들썩하게는 했지만 세계 지도자들을 움직이게 하지는 못한 것 같다. 트럼프는 "아주 행복한 어린 소녀"(트위터)라며 조롱했고, 브라질의 보우소나르 대통령은 "(아마존이) 세계의 허파라는 것은 잘못"이고 아마존은 "(산불로) 황폐화되지도 않았고 없어지지도 않았습니다"(〈KBS뉴스〉 2019년 9월 25일

자)라고 강변했다고 한다.

나는 지금 러시아의 상트페테르부르크에 있다. 북유럽을 대표하는 이 도시만 하더라도 기후 붕괴의 조짐은 느끼기 어렵다. 하늘은 맑고 숨쉬기는 편하며 물은 깨끗하고 풍부하다. 이탈리아 로마도 그랬다. 서울의 미세먼지 농도가 시민의 건강을 해칠 수준일 때 로마는 한 자릿수에 머물러 있었다. 트럼프의 부동산이 있는 뉴욕도 그랬다. 맨해튼의 하늘은 내가 다녀본 그 어느 도시의 하늘보다 맑았다.

기후가 붕괴하고 있다는 사실을 부정하는 정재계의 지도자들을 볼 때마다 나는 뉴욕이나 로마의 하늘을 떠올린다. 그들에게 지구는 여전히 살 만한 장소일지도 모른다. 그들이 아침에 잠을 깨는 곳에서는, 아직은 대기가 깨끗하고 냉난방에 부족함이 없어서 기후 붕괴를 실감하지 못할 수도 있다.

자신이 실감할 수 없는 위기를 받아들이기 위해선 상상력이 필요하다. 뉴욕 맨해튼 트럼프 타워 옆에는 애플

스토어가 있었다. 그곳의 소비자들은 아이폰 같은 애플의 첨단기기를 사면서 그것이 어떻게 해서 세계적인 환경 공해를 가져오는지 공감하기 어려울 것이다. 조립되는 부품이 많은 첨단기기일수록 전 대륙에 걸쳐 환경 파괴를 불러온다.

글로벌 생산-소비 사이클이 보편화된 산업에서는 희토류 같은 자원을 캐내는 광산과 각 부품을 생산하는 공장들이 다르고, 생산된 부품들이 대륙을 건너다니며 조립되고 판매되며 소비된 다음 폐기되는 장소가 다르기 때문이다. 반도체 산업하고는 무관할 것 같은 아프리카에서 뉴욕과 서울에서 버린 휴대폰 폐기물들이 자연을 파괴하고 있다.

노여움으로 가득한 툰베리의 연설은 놀라움과 환호를 자아냈지만, 우리가 그녀 연설의 내용을 모르고 있었을까. 우리는 이미 「인터스텔라」(2014)에서 머피의 입을 통해 툰베리와 비슷한 말을 들었었다. 머피는 인류의 새 거주지를 찾아 우주로 떠난 아버지 쿠퍼를 개새끼라고 부르면서 자신들을 속이고 배신했다고 원망한다. 부모(세대)는 자식(세대)을 "호흡 곤란과 굶주림 속에 버려두"고 무책임하게 떠나버렸다.

영화에서 밀은 7년 전에 멸종했고 오크라는 병충해에 시달려 재배가 어렵고, 남은 건 옥수수뿐이다. 수확량이 떨어지자 식량을 확보하기 위해 미국인 대다수가 농사에 매달린다. 쿠퍼도 우주 비행사였지만 지금은 농사꾼이다. 쿠퍼 가족의 옥수수밭 위로 모래 폭풍이 수시로 몰아친다.

우주 개발의 추진력은 지구의 한계를 깨닫는 데서 나온다. 「인터스텔라」는 그 한계의 끝에서 우주에서 희망을 찾으려는 과학자들의 이야기다. 하지만 인류에겐 희망을 이룰 기술이 없다. 놀랍게도 인류는 달에조차 가본 적이 없다. 머피가 다니는 초등학교에서는, 달 착륙은 옛 소련이 발전하는 것을 방해하려는 미국 정부의 사기극이었다고 가르치고 있다. 소련의 경쟁 심리를 부추겨 우주 개발에 국력을 낭비하게 하려는 목적이었다는 것이다.

우주로 나갈 기술이 없는 과학자들과 우주 개발을 포기하고 옥수수 농사에 매달리는 인류. 그래서 미국 우주

항공국은 지하에 숨어 극비리에 우주 개발 연구를 계속 한다. 종반부의 판타지 같은 해결책을 빼면 「인터스텔라」는 사실상, 우주를 탐사하는 기술을 개발하는 속도보다 지구를 파괴하는 속도가 더 빠른 인류의 비극을 고발하는 영화다.

지구에 사는 인간의 수가 75억 명이 넘다 보니 별의별 주장들이 다 나온다. 얼마 전에는 지구가 평평하다고 주장하는 사람들이 화제가 됐다. 미국의 달 탐사선이 1969년에 달에 간 적이 없다는 음모론도 마찬가지다. 내게는 그 사실을 검증할 능력이 없으니, 신뢰할 만한 준거가 되는 단체나 기관의 말을 믿는 척할 수밖엔 없다.

미국보다 일찍 우주 개발에 나선 나라가 옛 소련이다. 그들은 1957년에 이미 스푸트니크 호라는 인공위성을 쏘아 올렸다. 그런 러시아도 아직 달에 사람을 보내지는 못했다. 이곳 상트페테르부르크에는 러시아 우주 개발의 역사를 다룬 '우주탐사와 로켓 기술 박물관'이 있다.

박물관을 둘러보다 보면 어째서 옛 소련인들이 달에

1974년 소유즈 16호의 착륙 모델.

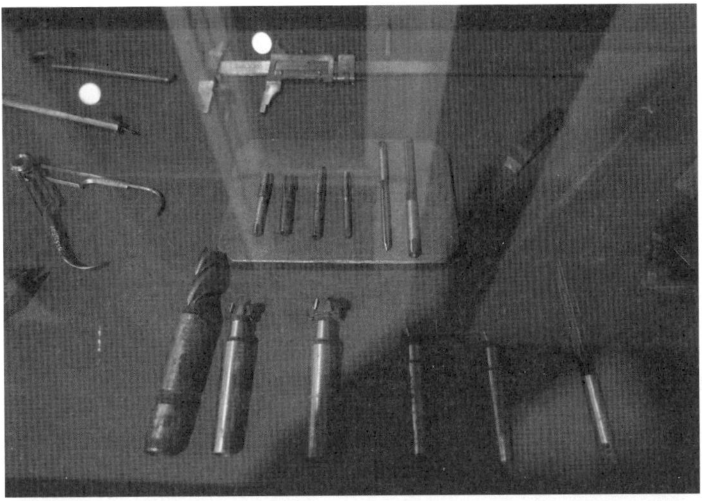

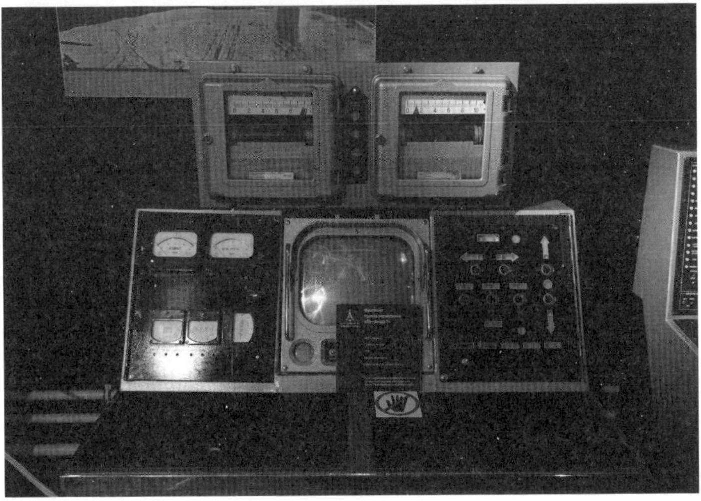

옛 소련이 우주 개발에 사용하던 도구 및 장치.

갈 수 없었는지 깨닫게 된다. 내가 박물관에 전시된 기계 장비들(영어로 된 안내문이 없다)을 제대로 다 이해한 것은 아니지만, 우주선의 도면을 설계하는 도구부터 부품을 측정하고 깎고 다듬는 도구들을 보고 있으면 달 탐사선이 아니라 내 고등학생 때의 실습 시간이 먼저 떠오른다. 방대한 데이터를 입력해야 할 도구는 헤밍웨이가 『누구를 위하여 종은 울리나』(1940)를 썼던 타자기보다 나아 보이지 않는다. 전시품 가운데 유일하게 현대의 컴퓨터와 닮은 장치를 보면, 나 같아도 이런 장비로는 달에 사람을 보낼 엄두를 낼 수 없었을 거라는 생각이 절로 든다. 그리고 그런 장비도 1970년에나 만들어졌다.

박물관을 나오며 문득 이런 생각이 들었다. "미국인들이 달에 갔는지 안 갔는지는 옛 소련인들에게 물어보면 알겠네." 하지만 정말로 인류가 달에 갔다면, 그런 비슷한 장비로 달에 착륙해 돌아다니다 무사히 귀환까지 했다는 것이 사실이라면, 나는 미국인의 과학자들에게 경의를 표해야 한다.

툰베리는 유엔에서 연설을 하기 위해 스웨덴에서 뉴욕까지 비행기가 아니라 태양광으로 움직이는 요트를 타고 갔다. 그녀는 자기 세대의 미래를 위해 기꺼이 현재의 편리함을 포기할 수도 있음을 보여줬다. 「인터스텔라」에서 쿠퍼의 장인은 지구가 이 지경이 된 건 "모든 이가 처음부터 끝까지 모든 것을 가지려 했"기 때문이라고 한탄한다. 맞는 말이다. 하지만 툰베리와 달리 우리는 온갖 멋진 말들로 스스로 위무하고 합리화하면서, 신차 카탈로그를 뒤적이고 쇠고기를 먹으러 간다.

「인터스텔라」로 유행을 탄 말들이 있다. 쿠퍼의 대사인 "우리는 답을 찾을 겁니다, 늘 그랬듯이"가 있다. 그리고 브랜드 박사가 읊어주는 딜런 토머스의 시도 있다. "순순히 어두운 밤을 받아들이지 마오."

인류의 도전 정신을 일깨우는 이 영화 속 대사들은, 유혹하듯 소곤거리는 매력 때문에 언뜻 현실적 가능성이 있는 진리처럼 들릴 수도 있다. 우리는 정말로 기후 붕괴를 되돌릴 바른 답을 찾아낼 수 있을 것만 같고 어두운 밤과 싸워 이길 수 있을 것만 같다.

하지만 지금의 기후 붕괴는 우리 인류가 산업혁명 이후로 찾아낸 답들의 연쇄적인 귀결이다. 증기기관과 전기와 자동차와 비행기와 원자력의 발명은 인류가 자신의 안락과 편리, 탐욕을 채우기 위해 찾아낸 문명의 "답"들이었다. 휴대폰이 가장 최근의 답이다.

인류는 딜런 토머스의 시구처럼 도래할 밤에 저항하고 싶은지도 모르겠다. 하지만 그 밤은 툰베리와 머피 같은 자식(세대)이 꾸짖고 있는 우리 부모(세대)가 스스로 만들어낸 것이다. 어두운 밤은 외계의 어떤 세력이 인류를 핍박하기 위해 싣고 온 위기가 아니다. 우리 인류는 어두운 밤을 부정해선 안 된다. 순순히 받아들여야 한다. 이 밤이 우리 자신이 만들어낸 잘못임을 긍정하고, 잘못을 반복하지 말아야 한다.

툰베리의 연설에는 인류의 생존을 위해 우주를 개발하자는 말은 한마디도 나오지 않는다. 통념상 공상에 젖어 있을 나이인 16세 청소년의 입에서 지구를 버리고 새로운 지구를 찾아 나서자는 얘기가 한마디도 나오지 않았다는 사실에 나는 놀랐다. 그녀도 인류에겐 새 지구를 찾을 기술이 없다는 사실을 알고 있는 게 아닐까. (그리고 툰베리만도 못한 트럼프의 미국 정부는 오히려 우주를 방어할 군대를 창설하자고 몰아붙이고 있다.)

알고 있기는 「인터스텔라」의 제작진도 마찬가지였다. 영화는 블랙홀을 빠져나가 희망을 찾는다는 내용이지만, 영화 속 과학자들도 블랙홀의 실체를 모르고, 쿠퍼는 우주 미아가 되어 블랙홀에 빠져 이벤트 호라이즌, 사건의 지평선 너머에 도달해서야 비로소 그 실체에 접근한다.

하여 쿠퍼가 블랙홀의 사건의 지평선 너머에서 발견한 것은 무엇이었을까. 「인터스텔라」 첫 장면에 나온다. 흥미롭게도, 딸 머피의 방 책장이다.

자신이 설명할 수 없는 존재를 설명해야 할 때, 창작자들은 흔히 자신에게 가장 친숙한 물건을 가져와 은유로 쓴다. 크리스토퍼 놀란 감독과 제작진도 자신들도 모르는 블랙홀 너머를 영상화하기가 난감했을 것이다. 그래서 영화에서 쿠퍼가 블랙홀로 몸을 던지고 나서 결국 도달하는 곳은 딸의 방 책장 건너편이 된다. 그가 딸과

통신을 시도할 때 사용하는 도구는 책들이 가득 꽂히고 모래가 떨어지는 책장이다.

「인터스텔라」의 인류는 책장, 즉 책의 추상적인 세계를 통해 희망에 도달한다. 우주 탐사선이나 양자 컴퓨터나 타임머신을 통해서 아니다. 이 설정은 책 속에 길이 있다는 진리의 아름다운 확인이라기보다는, 현실의 과학엔 길이 없으니 추상적인 책 속을 우회하고 마는 영화적 위무다. 인류를 구원할 기술이 현 인류에 의해서가 아닌 먼 미래 인류의 전수에 의해 이뤄진다는 설정 자체가 지금 인류가 가진 과학기술 수준의 암담함을 일깨운다.

인류에겐 기술도 없지만 시간도 없다. 「인터스텔라」에 등장하는 탐사선의 이름이 인듀어런스endurance, 참을성이지만, 문제는 참고 견딜 시간이다. 올해 유엔이 내놓은 지구평가보고서는 6차 대멸종을 경고하고 있다. 수십 년 안에 전체 동식물의 8분의 1이 사라질 것이고, 지금 같은 생태계는 30년밖엔 유지되지 않을 것이다(〈JTBC뉴스〉 2019년 5월 7일 자). 10년 후에는 지구의 기후가 3백만

년 전으로 역주행하게 될 것이라는 미국 대학 연구소의 예측도 있었다(이근영 기자, 『한겨레』 2018년 12월 12일 자).

기후 붕괴를 조금이라도 늦추기 위해, 10년, 30년의 기한 안에 자동차나 휴대폰 같은 글로벌 생산-소비 사이클 산업을 획기적으로 줄이자고 하면 어느 나라 정부가 동의할까. 당장 전 세계가 참여하는 기후경제 시스템이 완비되고 작동에 들어가야 하는데, 내가 알기로 역사상 어떤 경제 시스템도 10년이라는 짧은 시간에 성과를 낸 적이 없었다. 과거 소련이나 중국의 권위주의 체제도 10년 만에 나라를 바꾸지 못했다.

[2019]

그래서, 어느 시대에 살고 싶은데요

우디 앨런 감독의 「미드나잇 인 파리」(2011)의 주인공 길 펜더는 자신이 살아보지 못한 과거에 대한 향수를 앓는 인물이다. 그는 할리우드에서 영화 시나리오 작가로 나름 성공한 삶을 살고 있지만 불만이 많다. 그는 할리우드 시나리오 작가가 아니라 더 나은 무엇이 되고 싶은데, 그 무엇이란 1920년대 파리에 모여 있던 피츠제럴드, 헤밍웨이 같은 과거의 명망 있는 소설가들이다.

영화는, 현대인들의 복고 취향을 우디 앨런식 유머로 잘 제련해 통찰한다. 주인공의 삶 자체가 복고적이다. 21세기에 살면서 1920년대의 소설가가 되고 싶은 그는 현재의 약혼자까지 부정하면서, 1920년대 피카소의 모델이었던 아드리아나와 결혼하고 싶어 한다. 약혼자도 마찬가지여서, 약혼자가 하는 가게의 이름은 "노스탤지어

숍"이다. 주인공이 쓰고 있는 소설에는 "과거로부터"라는 이름의 가게가 등장한다. 이 가게에서는 "추억을 팔고 있다".

자신이 살아보지도 않은 먼 과거로 돌아가려는 길 펜더의 집념을 우디 앨런은 "황금시대 사고The Golden Age Thinking"라고 설명한다. 즉, 현재를 부정하는 이들에겐 늘 지나간 시절이 황금시대로 보이고 거기서 노스탤지어를 느낀다는 것이다. 그래서 그들은 할 수만 있다면 지금 여기가 아닌 과거의 특정한 장소로 회귀하려고 한다.

21세기 할리우드의 상업주의에 신물이 난 예술가는 1920년대 망명 예술가들이 모였던 파리에 향수를 느끼고, 1920년대 파리의 가난에 지친 예술가들은 1900년대 풍족했던 파리의 황금기 벨 에포크로 돌아가고 싶어 한다.

여기서 그치지 않는다. 21세기, 1920년대, 1900년대의 모든 예술가들은 17세기의 르네상스 시대로 돌아가고 싶어 한다.

'과거' '회귀' '향수' '노스탤지어' '복고' '황금시대 사고'를 아우르는 단어가 몇 년 전부터 세계 곳곳에서, 우리나라에서 유행하고 있다. '레트로'가 그것인데, 사전적 정의는 "과거의 모양, 정치, 사상, 제도, 풍습 따위로 돌아가거나 그것을 본보기로 삼아 그대로 좇아 하려는 것을 통틀어 이르는 말"[1]이다.

'레트로'가 가장 뚜렷하게 드러나는 분야가 대중음악이다. 며칠 전에는 1990년대에 생산이 중단되고 구시대의 유물처럼 여겨지고 있던 LP(바이닐 음반)가 "33년 만에 CD(의 판매량을) 넘었다"[2]는 기사가 나오기도 했다. LP시대가 저물고 CD시대가 열린 지 30여 년 만에 마침내 LP시대가 회귀한 것이다.

MP3 같은 컴퓨터 파일로 음악을 듣던 시기까지만 해도, LP로든 CD로든 MP3로든 소비자는 자신이 원하는 음악을 들으려면 음원을 소유하고 있어야 했다. 하지만

1 『국립국어원 표준국어대사전』.

2 임희윤 기자, 「33년만에 CD 넘었다…… 디지털 시대에 부는 LP열풍」, 『동아일보』 2020년 1월 15일 자.

최근엔 그 시기마저 지나가 스트리밍 서비스가 대세가 되고 있었다. 스트리밍 서비스는 음악을 굳이 소유할 필요 없이, 그저 흘러가는 음원들의 목록에서 원하는 곡을 클릭하기만 하면 된다. 월정액을 내고 곡을 빌려 듣는 형식이다.

LP는 음악을 청해 들을 수 있는 갖가지 매체들 가운데 오케스트라와 4인조 록밴드 다음으로 무겁고 크고 다루기 힘든 매체다. 책 한 권 무게에, 크기는 작은 PC 모니터 정도고, 음악을 들으려고 턴테이블에 올려놓을 때마다 전용 천으로 닦아야 한다. 휘거나 표면이 상하지 않도록 보관에도 늘 신경 써야 하는, 몹시 손이 많이 가는 매체다. 값도 비싸다. 그래서 CD가 처음 나왔을 때 사용과 보관의 편리함, 싼 가격이 크게 부각됐었다.

다음에 나온 MP3는 더 나아가, 다운로드 받고 마우스로 이리저리 옮기는 수고 외에는 감상하는 데 다른 노력은 필요 없었다. 가격도 곡당 천 원이 되지 않았다. 그래도 파일은 소유하는 것이었기에, 어딘가에 파일을 보관할 공간은 있어야 했다. 요즘의 음악 스트리밍 서비스는 그마저도 필요치 않다.

겨우 30여 년 동안 음악 매체는 극심한 변화를 겪었다. LP에서 CD로, CD에서 컴퓨터 파일로, 컴퓨터 파일에서 스트리밍 서비스로. 음악을 담는 매체는 점점 더 가벼워지고, 점점 더 작아지고, 점점 더 구하기 쉬워지고, 점점 더 싸지고, 점점 더 형태가 없어지고, 점점 더 소유의 개념과 멀어져갔다.

그런데 LP가 다시 소유되기(팔리기) 시작했다고? 환금성이 없어 한번 사면 되팔기도 어려운 LP가? 언론 기사에 소개된, 레코드 상점에서 많이 팔린 LP들의 목록을 보면 매체는 옛것이라도 음악은 전혀 옛것이 아님을 알 수 있다. 팔로알토, 공중도둑, 시거레츠 애프터 섹스, 빌리 아일리시처럼 대부분은 나 같은 LP세대(말하자면 20세기에 음악 취향이 형성된)는 거의 들어본 적도 없는 21세기 뮤지션의 음악이다.

베스트셀러 목록을 보면, LP시대로 회귀를 하고 있는 것은 정작 LP시대에는 LP를 들어본 적도 없는 젊은 소비자들이란 사실을 알게 된다. 언론에도 십대와 이십대에게 인기가 좋다는 소개가 나온다. 소수를 빼놓고는 지금 LP를 사는 젊은 소비자들은 LP가 회귀하기 전에는 LP를 보거나 들어본 경험이 없었을 것이다.

그런 젊은 친구들에게 LP는 향수를 자극하는 옛 매체가 아니다. 그들 표현을 쓰자면 '힙한' 새 매체에 더 가깝다. 그렇게 본다면 지금 음반 시장에 부는 LP의 인기는 레트로일까, 새로운 소비 취향의 등장일까.

사이먼 레이놀즈의 『레트로 마니아』를 보면 '레트로'의 원래 뜻은 "음악, 의상, 디자인 등에서 패스티시와 인용을 통해 의식적·창의적으로 표현된 시대 양식 물신주의"였다. 레트로를 추구하는 이들도 일반 대중이라 할 수 없었다. 그들은 "예술 애호가, 감식가, 수집가 등 거의 학문적인 지식과 날카로운 아이러니 감각을 갖춘 사람"[3]들이었다.

3 사이먼 레이놀즈, 『레트로 마니아』, 최성민 옮김, 작업실유령, 2014, pp. 13~14.

지금의 레트로는 과거에 대한 패스티시와 숭배가 아니라, 21세기의 상품미학에 걸맞게 다시 디자인된 과거라는 의미에서 '뉴트로'가 더 어울린다.

사이먼 레이놀즈는 예전에도 르네상스나 고딕 리바이벌처럼 지나간 문물에 집착하는 움직임은 있었지만 "가까운 과거에 이토록 집착한 사회는 인류사에 없었다"[4]고 말한다. 레트로는 17~18세기가 아니라 고작 20~30년 전의 문물을 추종한다.

「미드나잇 인 파리」의 주인공은 현재가 싫어 과거 속에서 살고 싶은 사람이다. 사이먼 레이놀즈나 우디 앨런이나 현재를 보는 시각은, 그들의 문체와 영상에서 느껴지는 위트와 활기와는 다르게 어둡기 그지없다. 뭔가 이상하지 않은가. 우리 현대인들은 현재가 싫다면 과거로 갈 수도 있지만 미래로도 갈 수 있는 것이다.

현대인이 실망스러운 현재를 벗어나 미래로 갈 수 있

4 같은 책, p. 15. 밑줄은 원문.

다는 가능성은 『레트로 마니아』와 「미드나잇 인 파리」 두 작품에서 (아마도) 단 한 줄 단 한 장면도 언급되지 않는다. 두 작품이 현재를 다각도로 살펴보고 입체적으로 재현하고 있는 수준작이라는 점을 생각하면 이상한 일이다. 두 작품의 현재 부정의 너머에는 과거만 있지 미래는 없다.

'레트로'는 사실 『레트로 마니아』의 번뜩이는 재치나 「미드나잇 인 파리」의 화사한 파리 정경과는 잘 어울리지 않는다. 왜냐하면 현대인이 맞닥뜨리게 되는 두 절망에서 비롯된 것이기 때문이다. 하나는 현재가 살 만하지 않다는 절망이고, 둘은 그래서 현재를 벗어나 갈 만한 곳이 과거뿐이라는 절망이다. 미래는 어디로 갔을까. 왜 레트로를 쫓는 현대인들은 미래로 생각을 열어놓지 못하는 것일까.

그 이유는 지크문트 바우만의 어둡기 그지없는, 21세기가 실은 심화된 세기말이라는 점을 일깨우는 『레트로토피아』에서 찾아볼 수 있다. '레트로토피아Retrotopia'는, 레트로와 어디에도 없는 이상향을 뜻하는 토머스 모어의 조어 유토피아를, 바우만이 다시 조합한 말이다. 16세기 토머스 모어의 『유토피아』는 미래의 유럽 후손들에게 자본주의가 아닌 다른 세상을 꿈꿀 가능성을 남겨주었지만, 21세기의 현대인들은 미래가 아닌 과거에서 가능성을 찾고 있다.

『레트로토피아』에서 바우만은 데이비드 로웬덜의 말을 빌려 "왜 오늘날 (과거의) 유산이 그토록 중요하게 여겨지게 된 걸까?"[5]하고 묻는다.

답은 우리의 현재 자체다. 현재의 주축 세대인 밀레니얼 세대는 "부모에 의해 주어진 사회적 지위를 높이기는커녕 잃을 수도 있다는 두려움을 표현한 첫 번째 전후戰後 세대"이다. 그들은 미래에서 성취나 출세가 아니라 "상실에 대한 위협의 전조"를 보고 "발전과 승진보다 사회적 몰락"[6]을 본다.

5 지그문트 바우만, 『레트로토피아』, 정일준 옮김, 아르테, 2018, p. 108.

6 같은 쪽.

문제는 이렇게 느끼는 밀레니얼 세대가 가난한 사람들만으로 이루어진 것은 아니라는 사실이다. 전혀 하층계급만의 문제가 아니다. (이매뉴얼 사에즈에 의하면 미국 가정의) "상위 0.1퍼센트가 22퍼센트의 부를 차지하고 있는데 이는 1995년도 비율의 거의 두 배에 달한다". 게다가 상위 0.1퍼센트의 부를 늘리기 위해 공공 자원까지 투입된다. "오늘날, 이따금 나머지를 위한 공공서비스 감소라는 대가를 치르면서까지, 더 많은 자원들이 시장 점유율을 보장하는 피라미드 맨 꼭대기에 투자되고 있다."[7]

부의 불평등이 심화되는 상황에서 미래는 젊은 세대 모두에게 공포다. 예외는 0.1퍼센트 최상위층뿐이다. 부유한 계층의 자제들까지 미래에 자신들이 "상속한 특권에도 불구하고, 노동시장에 들어서면서 근사한 직장이"[8] 사라져버릴지도 모른다는 상대적 박탈감에 시달린다.

우리 한국도 다르지 않다. 한국도 부의 불평등이 심화

7 같은 책, p. 169.

8 같은 책, p. 159.

되면서 미국처럼 '가진 자들의 한국'과 '못 가진 자들의 한국'이라는 두 개의 국가로 분열되고 있고, 두 국가에 따로따로 속한 시민들은 자신들이 한배에 타고 있다는 생각을 더는 하지 못한다. 2019년 조국 전 장관 논란 때, 2016년 박근혜 정부 퇴진 촛불운동에서 진보의 편에 섰던 많은 청년이 정부 여당에 반감을 드러내고 반대의 편에 섰다. 청년 세대는 불공정과 부당함이 지배하는 한국에서, 미래는 공포고 현재는 싫어 과거로 돌아가려는 '레트로토피아'의 가장 큰 이주민이 되어가고 있다.

「미드나잇 인 파리」에서 우디 앨런은 주인공의 입을 빌려 레트로가 유행하는 이유를 설명한다. "한 시대엔 시시하고 천박하기까지 했던 것이 단지 세월이 흐르면서 신비롭고 흥미로운 존재로 바뀌기도 한다."

하지만 주인공은 과거에 대한 향수가 결국 허상임을 깨닫는다. 왜냐하면 치과 치료를 받는 데 필수적인 항생제도 없던 때가 과거이기 때문이다. 영화는 관객에게 어느 시대에 살고 싶냐,고 묻지만 갈 곳은 두려운 미래뿐이다. 현실의 레트로 유행엔 우디 앨런식의 유머는 어울리지 않는다. 언제나 그랬듯 현실은 영화보다 끔찍하고 암울하다.

[2020]

시끄러운 다수

날짜를 기억해두자. 2016년 11월 12일 토요일이었다. 언젠가 써먹게 될 테니 날씨도 적어두자. 시릴 만큼 바람이 찬데 기온은 포근해서, 버스와 지하철을 탄 승객들은 겉옷을 껴입고서 땀을 흘렸다.

집회가 있는 시청 광장으로 지하철을 타고 가면서 나는 승객들의 표정을 살폈다. 집회 일정이 공개됐고 대규모 참가가 예고됐으니, 승객들은 대개 나와 비슷한 이유로 서울시청 광장으로 가고 있을 것이었다. 3시 40분. 평소의 몇 배는 될 승객들이 시청역에서 내렸다. 개찰구 줄이 너무 길어지자, 역 승무원이 나와 다른 개찰구로 안내를 했다. 광장으로 나가는 6번 출구는 사람들로 미어졌다. 계단을 올라 지상으로 나가는 데도 금요일 밤의 홍대입구역에서처럼 한참 줄을 서야 했다.

언론에서는 1백만이 모였다고 했다. 1987년 6월 민주화 항쟁 이후 최대 규모라고 했다. 2008년 광우병 집회의 70만을 훌쩍 뛰어넘는 인원이다. 지하철에서 내려 시청 광장으로 가는 시민들의 표정에선 긴장이 느껴지지 않았다. 데이트를 하러 나온 것 같은 젊은 남녀도, 등산복 차림의 중년 남녀들도, 어버이연합이 아닌 시민단체 깃발 아래 모인 어르신들도 동네잔치나 축제에 짬을 내 들른 사람들 같았다. 표정은 조금도 불안하지 않았고, 구호를 외칠 때면 경망스러운 즐거움 같은 것도 느껴졌다. 11월 12일은 과잉진압에 희생된 백남기 농민의 49재였다. 고인이 어쩌다 사망에 이르렀는지 모르지 않을 텐데 그런 따위는 신경도 안 쓴다는 분위기였다.

내가 처음 서울 시내에서 열린 집회에 참가했던 1990년대 초반에 비하면 놀라운 변화다. 그때는 종로나 광화문에서 집회가 있어도 정확한 정보가 공개되지 않았다. 위험한 일이니만큼 규율도 대단했다. 집회 장소로 버스나 지하철을 타고 이동하는 학생들의 표정은 어둡고 긴장되어 있어서 쉽사리 정체를 알아차릴 수 있었다.

시위에 쓰이는 화염병은 평소 책가방으로 쓰이는 백팩에 넣어 옮겼다. 쇠파이프는 실수로 놓치는 일이 없도록 두 손에 박스테이프로 칭칭 감아 고정시켰다. 집회가 시작되면 최루탄을 쏘는 차량과 전투경찰, 그리고 시위대의 선봉 사이에 폭력의 넘어설 수 없는 경계가 그어졌다. 해산을 종용하는 방송이 나오고 전경이 전진하기 시작하고, 보도블록이 깨지기 시작하고 시위대는 잠깐 저항하다가 뒤로 물러섰다. 그렇게 뒤로 몇 블록 밀리다 다시 전열을 정비해 전경들 앞에 섰다. 어느 날은 그런 식으로, 명동에서 광화문을 거쳐 종로를 지나 동대문을 넘어 신설동까지 집회가 계속되기도 했다. 그날 얼마나 뛰어다녔는지 집회가 끝나고 집에 가려는데 버스에 오를 힘조차 없었던 기억이 난다.

그때 시민들은 최루탄과 물대포와 쇠파이프에 맞고 쏘이고 쓰러지면서 매번 뒤로 밀렸다. 내가 알기로 당시 있었던 어떤 집회에서도 우리 시민은 공권력의 난폭한 벽을 뚫고 앞으로 전진해본 적이 없었다. 우리는 언제나 뒤로 밀렸고 강제로 해산되었으며, 그 와중에 백남기 농민이 그랬듯이 강경대 같은 학생들이 생명을 잃기도 했다.

시민들은 매번 패배했다. 하지만 매번 다시 거리로 나왔고, 다시 뒤로 물러섰지만, 한 번도 완전히 물러서지는 않았다. 그리고 1993년, 32년을 이어온 군사정권이 끝나고 문민정부가 들어섰다.

그에 비하면 2016년 11월 12일의 민중총궐기 집회는 그 이름에 어울리지 않게 얼마나 가볍고 조용하고 평화롭게 치러졌는가. 시민들은 화염병 대신 촛불을 들고 행진을 했다. 구호를 외치면서도 웃었고, 박근혜 대통령을 향해 화를 내기보다는 조롱을 했다. 바보에게 어울리는 것은 분노가 아니라 조롱이라는 듯이. 아무도 뛰지 않았고 집회 과정에서 나온 쓰레기는 직접 치웠다. 행진하면서 대열을 빠져나와 카페를 가거나 잠시 맥주도 한잔할 수 있었다.

규율은 없었지만 누구도 시민이 지켜야 할 상식을 벗어나지 않았다. 이렇게 집회 문화가 평화롭게 바뀌었는데도 아직도 정부는 폭력이니 불법이니 하고 딱지를 붙인다. 불법은 물로 사람을 쏘아 죽인 박근혜 정부에나 어울리는 말이다.

11월 12일 집회는 그저 대중매체를 통한 홍보만 있었는데도 정말 다양한 시민들이 모였다. 청와대 가는 길에 세워진 시민발언대에는 대학생이 올라 연설을 하고, 종로에서는 래퍼가 나와 대통령의 실정을 질책하고, SNS를 보니 고등학생도 연단에 올라 게임 레벨 업을 할 시간에 대통령 때문에 집회에 나왔다며 한탄을 했다고 한다.

'개저씨' '아재'라며 놀림이나 받던 중년 남성들이 집회에 구름같이 몰렸다. 사회문제에 무관심한 개인주의자라고 비판받던 대학생들도 깃발 아래 모였다. 몇 달 전만 해도 어버이연합 깃발을 들고 있었을 것만 같은 어르신들도 '#끝났다 박근혜'라고 씌어진 종이컵에 촛불을 켜고 나왔다.

이들은 12일 집회에 참여하지 않았으면 정치권과 보수언론으로부터 '침묵하는 다수'라고 불렸을 시민들이다.

이 '침묵하는 다수'는 "조용하고, 부끄러워하고" "시끄러운 소수로부터 '법'을 보호해야만" 하는 역할을 하므로, 주로 선거철에 호명되어 불려 나온다.

뉴욕대 교수인 크리스틴 로스의 「민주주의를 팝니다」를 따르면 이들은 "그 수가 가장 많은 집단이 스스로 말하기보다는 누군가에 의해 대변될 때" 역사 속에 등장한다. "무질서나 독단에 대항하는 양식의 보루"*라고도 불린다.

하지만 그들은 '침묵하는' 다수이므로, 그 다수의 정체나 역할은 자기 자신에 의해 규정되거나 표명된 것이 아니다. 로스에 따르면 '침묵하는 다수'라는 용어의 기원은, 미국 대통령 리처드 닉슨의 입이다. 나중에 워터게이트로 대통령 자리에서 쫓겨난 닉슨이 1960년대 "베트남 전쟁에 반대하는 시끄러운 가두 시위에 대응할 목적으로" 이 용어를 사용했다고 한다.

그러니까 '침묵하는 다수'는 그들 자신에 의해 붙여

* 알랭 바디우 외, 『민주주의는 죽었는가?』, 김상운 외 옮김, 난장, 2010, pp. 145~47.

진 이름이 아니다. 그럼에도 그들은 선거철이나 중요한 시국에서 보수적인 지배계층의 정치적 동지인 듯 등장해, 여론조사와 투표라는 방식으로 존재감을 증명한다.

나는 11월 12일 광화문에서 그 '침묵하는 다수'의 실체와 마주쳤다고 생각한다. 다만 그들은 정치적 목적에 의해 발명되고 조작된 평소의 '침묵하는 다수'가 아니라, 자신의 판단과 의지에 따라 행동하게 된 '시끄러운 다수'였을 것이다. 실제로 지금 광화문 광장이나 SNS상에서 만나게 되는 시민들은 더는 침묵하지 않는 시끄러워진 다수이다.

보수 지배계층이 자신을 대변하도록 놔두지 않고 스스로 말을 하는, 스스로 모종의 억압으로부터 회귀한, '시끄러운 소수'처럼 행동하기로 작정한 다수이다.

'시끄러운 다수'는 정말 오랜만이다. 그들을 시끄럽게 불러낸 것은 박근혜 정부의 실정이다. 최근 청와대에서 흘러나온 끔찍한 소식들이 '시끄러운 다수'를 불러냈다. 12일 집회 현장에 설치된 대형 스크린에서는 대통령과 관련된 혐의들이 쉴 새 없이 되풀이됐다. 그 영상들을 보면서 시민들은 분노하고 욕을 하기보다는, 실소하고 조롱했다.

대통령의 연설문을 최순실이 썼고, 정체가 의심스러운 재단을 만들어 자금을 조성하고, 부정행위를 거부한 공무원을 "참 나쁜 사람"이라고 부르고, 대통령이 사이비 종교의 교주에게 정신적으로 의존했다는 사실은 특별한 전문 지식 없이도 상식선에서 누구나 이해 가능하다.

까다로운 경제 지식도, 법 지식도, 정치적 판단도 필요치 않은, 누가 봐도 실소가 나오는 얼토당토않은 막장 드라마 같은 사실들이 그 '침묵하는 다수'를 깨워 시끄럽게 한 것이다. 막장 드라마는 누구나 텔레비전 앞으로 끌어들여야 하기 때문에 막장 드라마가 된다.

박근혜 정부가 그렇게 했다. 고등학생부터 백발 어르신까지 광화문으로 나와 연단에 올라서 대통령에 대해 한마디씩 하게 할 만큼, 이 박근혜표 막장 드라마는 이해하기 쉽고 단순하다. 그래서 집회에 참가한 시민들은 대통령을 성토하면서도 마음껏 웃을 수 있었다.

내가 광화문으로 나간 까닭도 분노해서가 아니다. 기껏 막장 드라마의 등장인물들 같은 작자들에게 휘둘리고 뒤통수를 맞았다는 사실이 수치스러워서 나갔다. 주권자로서, 시민으로서, 한 인격체로서 저 천박한 것들의 시러베장단에 나도 모르는 사이 놀아나고 있었다는 사실이 참을 수 없게 부끄러웠던 것이다.

[2016]

우리를 무어라 불러야 하지요

2016년 10월부터 매주 토요일 서울 광화문 광장에서는 촛불집회가 있었다. 10월 29일 1차 집회를 시작으로 해를 넘겨 지난 1월 28일 13차 집회까지 이어졌다. 3차 집회엔 광화문 광장과 그 일대에 1백만 시민이 모였고, 6차 집회엔 서울에만 170만 시민이 모였다. 촛불집회엔 다른 때, 다른 곳에서는 좀처럼 볼 수 없는 광경들이 펼쳐진다. 가장 눈에 띄는 것은 인산인해다. 교보문고가 있는 세종대로 사거리 한가운데, 광화문 광장이 시작되는 지점에서 고개를 들면, 종로와 시청, 서대문 방면으로 시선이 닿는 저 끝까지 시민들의 검은 머리로 바다를 이룬 장관과 마주치게 된다.

11월 12일 3차 집회 때 사진을 찍기 위해 사거리를 둘러보다가 문득 내가 인산인해 한가운데 서 있음을 깨달고 깜짝 놀랐던 기억이 난다. 가로등과 조명으로 뿌옇게 흐려진 어둠을 배경으로 밤바다에 치는 파도의 보라처럼, 시민들의 검은 머리와 손에 든 촛불들이 반짝이던 장관은 잊지 못할 기억이 됐다. 살면서 좀처럼 느낄 수 없는 희열, 경이 그리고 약간의 두려움도 있었다. 내가 그 바다의 일부면서도, 바다의 규모에서 느껴지는 숭고함에 나도 모르는 새 압도되고 있었던 것이다. 인산인해라는 말은 들어봤지만, 말에 값하는 광경은 본 적이 없었다.

박근혜 일당의 부정이 폭로되고 국정 조사와 특검이 이어지는 동안 우리 사회에는 전에 없던 볼거리와 이야깃거리들이 넘쳐났다. 내가 느끼기에 그 볼거리와 이야깃거리들은, 당대의 문화가 허용하고 성취할 수 있는 상상력의 한계치를 가볍게 넘어선 당혹스러운 것들이었다. 정유라를 이 사회의 주인공으로 만들기 위해 재벌 삼성이 나서고, 대학 총장과 교수들이 불법을 저지르고, 정부 고위 인사가 나서 정유라의 잠재적 경쟁자들을 몰락시켰다는 스토리는 어떤 소설보다 더 소설 같았다. 어떤 황당무계한 상상력을 지닌 소설가도 그만큼 황당한 스토리는 쓸 수 없으리라는 소리도 나왔다.

종비와 외계인이 등장하더라도 소설은 소설이 지어진 사회를 준거로 하므로, 자기 사회의 상식적 수준을 크게 벗어나서 씌어지기는 힘들다. 왜냐하면 소설가 자신이 그 사회의 일원이고, 소설가의 상상력 자체가 그 사회의 산물이기 때문이다. 한국이 이미 충분히 민주주의가 진행되었고, 선진국의 문턱에 가까워졌다는 것이 우리 사회의 상식이기 때문에, 박근혜 일당이 토해낸 범죄 사실들 같은 소설은 나올 수가 없다.

박근혜 일당은 왕과 귀족들이 통치하는 왕정 체제 같은, 지금 여기라면 불가능하게 여겨지는 기이한 성격을 띠고 있다. 김기춘이 박근혜를 주군이라고 부르고, 최순실이 박근혜를 공주라고 부르고, 박근혜가 최순실을 무수리라고 부르고, 조윤선이 박근혜의 신데렐라라고 불리고, 이 모든 악당들이 정유라를 한 나라의 공주처럼 키웠다는 사실에서, 우리는 그들이 꾸린 내밀한 공동체의 성격을 짐작할 수 있다. 그들은 21세기 자유민주주의 국가

인 한국의 최상층부를 점하고 있으면서, 그들 자신의 공동체 내부에서 실질적으로 왕조를 형성하고 있었다.

촛불집회 기간에 영화관 관객 수도 크게 줄었다. 이유는 토요일마다 영화관에 갔어야 할 관객들이 광화문 광장으로 몰려가고, 평일 저녁에 영화관이 아닌 텔레비전 앞에 앉아 JTBC의 뉴스를 보기 때문이란다. 하지만 영화가 현실보다 재미없어서일 수도 있다. 정유라의 애완견 한 마리 때문에 최순실이 젊은 애인과 사이가 틀어져 이 커다란 악의 뿌리가 캐내어지기 시작했다는 사실은, 어떤 기상천외한 상상력을 지닌 영화감독도 미처 떠올리지 못했을 황당한 개연성을 보여준다. 말이 충분히 되어서 개연성이지만, 우리 사회의 누구도 쉽게 상상할 수 없어서 황당한 개연성이다.

우리 사회는 한국전쟁, 5·16쿠데타, 1980년 광주항쟁 같은 거대한 사건들을 가까운 때에 겪은 사회이다. 아직 가까운 탓에, 우리는 그 비극들 앞에서 가벼운 태도를 가질 수 없다. 한국전쟁만이 최근에야, 약간 해학적으로 해석한 영화들이 나오기 시작했다. 그런 현대사의 비극들 못지않은 규모의 박근혜 게이트가 고작 애완견 한 마리 때문에 폭로되기 시작했다니. 거대 악이 줄줄이 드러나는 순간의 자리에 앉혀놓기에는 애완견은 역사적으로 너무 하찮고 의미를 부여하기 어려운 캐릭터다.

반기문도 개그맨들을 궁지로 몰아넣고 있다. 반기문이 귀국 직후 대선 출마를 선언한 정치인이 되어 웃기기 시작하면서, 트위터나 페이스북의 타임라인에 개그 프로그램이 링크되는 일을 거의 보지 못했다. 반기문이 벌인 추태 중 하나는 몸져누운 할머니에게 죽을 떠 드리면서 턱받이를 자신의 턱에 끼웠던 일이었다. 이는 고인이 된 개그맨 이주일이 스타로 부상하게 된 계기와 똑같다. 이주일이 개그 프로그램에 의사 역으로 출연해서 환자의 사망을 확인해야 하는데, 환자의 눈꺼풀을 뒤집어보지 않고 자신의 눈꺼풀을 홱 까뒤집어 보이면서 환자가 돌아가셨습니다, 했다는 일화다. 분명 NG에 방송 사고지만, 너무 바보 같고 너무 이해할 수 없는 실수라 대단한 호응을 끌어냈다고 한다. 당시 무명이었던 이주일은 이 일로 자기 분야에서 최고의 자리에 올랐다. 그와 똑같은 짓을 해서 반기문도 온 나라를 웃음과 걱정에 빠뜨렸다. 문제는, 이주일은 개그맨이지만 반기문은 전직 유엔총장에 대통령을 하겠다고 나선 정치인이라는 사실이다.

어떤 소설보다 재밌고, 어떤 영화보다 흥미진진하고, 어떤 개그 프로그램보다 웃기는 일들이 지금 우리 사회에서 전개되고 있다. 박근혜 일당과 정치인들, 기업가들, 그리고 반기문으로 이어지는 추문과 추태의 행진이 우리 문화를 한층 저급한 수준으로 짓밟고 지나가고 있다. 소설이든 영화든, 박근혜 일당의 국정 농단보다 더 황당무계한 서사는 당분간 나오기 어렵지 않을까. 창작자에게 자신의 상상력이 뛰어넘을 수 없는 현실과 맞닥뜨린다는 것은 어떻게 봐도 서글프고 자괴감이 드는 일이다.

광화문 광장의 촛불집회는 다른 의미에서 볼거리로 넘쳐난다. 우리 사태를 모르는 외국인이 토요일 저녁에 광화문에 들렀다면 축제 현장에 왔다는 생각을 할지도 모른다. 부부가 아이들의 손을 잡고 나온다든가, 온 가족이 우르르 몰려나온다든가, 엄마가 아이를 유모차에 앉혀 데리고 나오는 가족 단위의 집회 참가자들을 흔하게 볼 수 있다는 점이 먼저 그렇다. 종이컵에 촛불을 켜고 손에 들고 있는 모습에서 촛불이 주인공인 축제를 떠올릴 수도 있다. 광화문 광장에 몇 개나 설치된 야외 무대를 보며 대형 콘서트라고 생각할 수도 있다. 시민들이 망토를 두르고 고깔을 쓰고 나팔을 부는 모습을 보며 즐거운 축제 퍼레이드를 떠올릴 수도 있다. 촛불집회 현장에서 소리를 싹 다 지우고 구호를 싹 다 지우면, 그래서 시각 이미지만 남긴다면, 세계의 여느 축제 현장이나 다름없이 보일 것이다.

오래 잊지 못할 눈길을 끄는 광경은 많다. 그 많은 인파가 모인 광장에 흐트러진 쓰레기가 없다든지, 아직 수습이 되지 않은 아홉 명의 학생들을 위한 분향소와 추모탑도 있고, 세월호 희생자들을 잊지 않기 위한 「기억의 문」도 있다. 광장의 텐트촌도 빼놓을 수 없다.

나는 광장을 가득 메운 깃발들의 행렬이 인상적이었다. 나는 '한국작가회의' '자유실천문인협의회' 깃발 아래 섰고, 깃발을 따라 시청 광장에서 광화문까지 행진했다. 각 대학 총학생회 깃발과 정당 깃발, 지역 시민단체 깃발, 산별 지역별 노동조합 깃발 들이 광화문의 하늘을 총천연색으로 물들였다. 재밌는 구호와 단체명의 깃발들이 SNS에서 화제가 됐고 기발한 이름의 깃발들이 쏟아져 나왔다. 시민들의 창작욕이 박근혜 탄핵을 방아쇠 삼아, 깃발을 통해 뿜어져 나온 것이다.

내 기억에 '장수풍뎅이 연구회'가 SNS에서 거의 첫번째로 화제가 된 깃발이다. 실제로 그런 연구회는 없고, 깃발을 만든 당사자는 곤충을 싫어한다나 그렇다고 한다. 나는 고양이를 좋아하므로, 어느 고양이 집사가 만든 '전국 고양이 노동조합' 깃발이 기억에 남는다. 청와대에 비아그라가 들어갔다는 이야기를 빗댄 '전국 한시적 무성욕자 연합'도 있었다. 지금 검색해보니 '도봉구에 사는 걱정 많은 사람들' '강원 진보 미식가 연대회의' '독거총각 결혼 추진회' '고산병 연구회' 등등도 집회를 즐겁게 했다.

박근혜 일당의 국정 농단에 시민들이 얼마나, 어떻게 반응하고 있는지는 여론조사나 집회 참가 인원만으로는 충분히 알 수 없다. 현장을 잊지 말아야 한다. 저 웃기는 깃발들은 단순히 웃기기 위해 만든 깃발이 아니다. 사람이 기가 차면 나오는 헛웃음 같은 깃발들이다.

'한국작가회의' 깃발이 그렇듯 깃발을 올리는 의미와 깃발의 역할은 분명하다. 소속을 밝히고, 깃발 아래 선 이들의 정체를 분명히 하고, 그 존재에 선명함을 더하는 것이다. 딱히 소속이 없는 이들이 굳이 자신의 깃발을 제작해 들고 나오는 이유가 여기에 있다. 나를 이렇게 불러달라, 는 주장이다. 깃발을 세움으로써 자신에게 이름 붙이기를, 자기 지시적 행위를 한다.

그렇다면 광화문 광장에 모였던 1백만의 인파에게는 무슨 이름을 붙여야 할까. 박근혜 일당의 국정 농단을 비판하고 탄핵을 요구하는 하나의 목적을 가졌으니, 그냥 '우리'라고 불러야 할까. 그래도 되겠지만 모두가 그 하나의 목적만 바라보고 참가했다고 누가 말할 수 있을까. 또 '우리 1백만 운집' 같은 표현은 다른 사회 집단과의 변별점이 없다.

그러면 '국민'이라고 부를까. 국민이라고 하면 당장 국민이라는 호칭의 기원이 '황국신민'이 아니냐고, 우리가 일본 왕의 거시기냐며 기피하는 사람들이 나올 것이다. 또 그런 뜻이 아니더라도, 국민은 국가를 구성하는 구성원이라는 포괄적인 의미밖엔 없으므로 촛불집회에 나온 특정한 이들을 지칭하기엔 무리가 있다. 그렇다면 정치적으로 각성된 능동적인 국민이라는 의미로 '시민'이라고 부르면 어떨까. 나는 시민이라고 부르자는 쪽인데, 불행히도 시민이라는 말을 낯설어하거나 부담스러워하는 이들도 많다. 뭔가 공부한 필요한 호칭 같다. 그리고 '시민'에는 도시 사람이란 뜻도 있어, 시골 사람을 시민이라 부를 수 있을지 애매하게 느껴진다.

그렇다면 1980~90년대로 돌아가 '민중'이라고 부를까. 민중은 신자유주의, 세계화 열풍이 불면서 점차 사라지더니 이즈음에는 잘 쓰이지 않게 된 호칭이다. 노동자 농민이라는 뜻의 민중은, 이제 노동자 농민 계급 내부에서 계급 분화가 상당히 진행되었고, 계급 대신 개인의 의미를 강조하는 정치적 굴절과 왜곡 작용까지 더해져, 최근에는 유효성이 떨어진 호칭이 됐다. 문화 쪽에서도 민중문학이니 민중미술, 민중음악이니 하는 말들이 쓰이지 않게 된 지 오래다. '대중'은 어떨까. 대중은 불특정 다수를 의미하거나 대량 소비사회의 다수를 의미하므로, 촛불집회에 나온 이들에 붙이기엔 어울리지 않는다.

이도 안 되고 저도 안 된다면 뭐라 불러야 할까. '인민people'이 가장 어울리겠지만 인민이란 호칭은 우리 사회에선 오래전부터 금기어처럼 여겨져왔고, 일상생활에서 거의 쓰이지 않는다. 사실은 수백 년이나 보편적으로 쓰이던 호칭이 우리에게 있다. '백성'이 그것인데, 우리나라가 아직 근대화되기 전 신분 사회에서 쓰이던 말이므로, 스스로 왕족이라 여기는 박근혜 일당들이나 좋아할 호칭이다.

이게 문학과 무슨 상관이냐고 물을 분들이 있을 것이

다. 하지만 문학이란, 자신의 정체성을 찾는, 아니 찾는 것이 아니라 끊임없이 자신의 정체성을 지금 여기에서 형성해나가는 수행적 과정이기도 하다. 문학은 그 자체로 삶이다. 그러므로 자기에게 이름을 붙이는 자기 지시적 행위 역시 삶의 일상적 과정이자 문학이라고 할 수 있다.

그러니까 광화문 촛불집회에서 깃발 올리기라는 행위는, 어쩌면 우연하면서도 절실하게 이루어지는 문학 행위, 문학인이 아닌 이들이 반쯤 놀이처럼 하는 문학 행위, 이 혼란스러운 위기의 사회에서 자신의 정체성을 창조해나가는 싸움이라고도 할 수 있다.

[2017]

늑대들의 밤이 온다

코로나19 팬데믹의 충격이 워낙 커서, 제주도가 바닷물에 잠기고 있다는 뉴스 정도는 눈에 잘 들어오지도 않는다. 제주 용머리 해안은 계속 수위가 올라와 관광객을 위한 탐방로를 콘크리트로 덧씌우는 작업을 하고 있다. 요즘 일이 아니다. 2008년부터 침식을 막기 위한 포장을 하고 있었다. 그리고 2020년에 이르러서는 용머리 탐방로에 출입할 수 있는 날수가 한해 37일로 줄어들었다. 지금 제주의 저지대 마을들은 비만 오면 물에 잠긴다. 한 마을회장은 "새로 집 짓는 주민한테는 침수 대비해서 50센티미터씩 집을 높여 지으라고 말할 정도"[1]라고 하소연을 한다.

2008년에는 탐방로가 바닷물에 잠기는 현상을 기후

1 김성우·박이담 기자, 「기후위기 '최전선' 제주도가 사라진다…… 해수면 23cm 상승」, 『헤럴드경제』 2020년 12월 10일 자.

붕괴와 연관시키지 못했다. 종말은 부지불식간에 오지 않는다. 2020년 장마에 한강 둔치에 나가봤던 사람이라면 불어난 강물이 서울 합정역 사거리의 턱밑까지 차오른 광경을 보고 깜짝 놀랐을 것이다. 하지만 해수면이 상승해 도시들이 물에 잠긴다는 뉴스는 내 기억에 1990년대부터 있었다. 과거의 조짐들을 조짐으로 받아들이지 않은 것처럼 지금의 위기를 위기로 받아들이지 않으면, 10년 후쯤에는 더욱 감당할 수 없는 사태들 앞에 망연자실하게 서 있게 될지도 모른다.

팬데믹에 묻힌 또 다른 위기는 아프리카의 물 부족이다. 2017년에 이탈리아 남부 도시 나폴리에 가보기 전까지는 나도 상황이 어떤지 몰랐다. 나폴리 호텔 앞의 음식물 쓰레기통에서 어린 딸의 손을 꼭 잡고 파스타 면발을 꺼내 먹는 흑인을 보기 전까지는 말이다. 정치 불안과 기근, 물 부족을 견디다 못해 보트를 타고 이탈리아로 건너오는 아프리카 난민은 팬데믹 직전까지 유럽연합의 가장 큰 이슈 가운데 하나였다. 이탈리아의 총선에서 반난민 정책을 내세우는 극우 세력이 지지를 얻고 약진을 했을 정도다. 한 기사를 보면 2017년에만 "지중해를 건너 이탈리아에 도착한 이주민들은 9만4천여 명에 달한다. 2,370명은 이탈리아로 오려다 지중해에서 표류 등으로 사망했다".[2]

바닷물이 불어나 해안 도시들이 물에 잠기는 한편 땅은 말라붙어 사막화가 된다. 50년쯤 지나면 한반도가 아프리카 사하라 사막처럼 변한다. "인류는 수천 년 동안 대부분 연평균 기온 섭씨 11~15도 사이의 매우 좁은 기후대에 거주해왔"는데, 2070년쯤엔 "세계 인구의 3분의 1이 거주하는 지역의 연평균 기온이 섭씨 29도를 넘"[3]게 된다. 그 기후대에 서울, 베이징, 도쿄, 뉴욕, 파리, 로마, 베를린 같은 대도시들이 들어 있다. 서울은 어느 날 갑자기 사막이 되지 않는다. 서서히 물에 잠겨가는 제주도와

2 정의길 기자, 「이탈리아, 아프리카 해안서부터 난민 막는다」, 『한겨레』 2017년 8월 3일 자.

3 김정수 기자, 「이대로 가다간… 50년 내 35억 명 '사하라 사막'에 산다」, 『한겨레』 2020년 5월 5일 자.

같이 강수량이 줄고 평균기온이 올라가고, 인간의 자율 신경계가 처리할 수 없을 만큼 '습구온도'가 상승하게 된다. 습구온도란 "땀으로 체온을 식힐 수가 없"을 정도의 온도(섭씨 45도)와 습도(50퍼센트)다. 습구온도가 35도가 넘으면 인간의 "신체 냉각 시스템이 작동하지 않"는다. 이런 "한증막 지구"[4]에 이르기까지 구체적으로 어떤 재앙들을 보게 될까.

당장 눈에 띄는 건 식량 위기다. 중국은 시진핑 주석까지 나서서 "'음식을 낭비하지 말라'는 지시를 내렸다". 중국은 "2025년까지 1억 3천만 톤의 곡물부족 사태를 겪을 것으로 보인다".[5] 유럽도 예외는 아니다. 지난해 체코는 5백 년간 최악의 가뭄을 맞았다. 조천호 전 국립기상과학원장을 따르면, 식량 위기로 미래의 우리 한국인들은 아프리카인들처럼 기후 난민이 될 가능성이 크다. "단

4 곽노필 기자, 「인간 생존 한계 온도 넘은 곳이 나타났다」, 『한겨레』 2020년 5월 12일 자.

5 권성근 기자, 「中, 2025년까지 곡물 1억3000만t 부족… 식량안보 위기」, 『뉴시스』 2020년 8월 18일 자.

0.5℃만 올라도 식량 부족으로 고통받는 사람이 3천5백만 명에 이르게 된다. 거기서 0.5℃가 더 올라 2.0℃가 되면 농업생산량 변화가 크게 일어나 3억 6천만 명이 기아에 시달리게 된다. 만약 3.0℃가 오르면 그 수가 18억 명에 달하게 된다." 우리나라의 "식량 자급률이 25퍼센트에 불과"[6]한 상황에서, 전 세계에 걸쳐 식량 생산이 줄어들면 식량을 수입해올 수 없는 상황과 맞닥뜨리리라는 예상이다.

한반도는 비교적 환경적으로 안전했다. 습구온도가 올라가 사망률이 치솟지도 않았고 식수도 부족하지 않았다. 쌀은 모자라면 수입해 오면 됐다. 우리에겐 식량과 바꿀 반도체와 자동차가 얼마든지 있다고 여기고 있다. 팬데믹이 덮치기 전까지 종말은 진지하게 받아들여지지 않았다. 그레타 툰베리가 유엔에서 어른들이 어린 세대의 꿈을 훔쳐가고 있다고 연설을 하자 트럼프는 "아주 행복한

6 이상복 기자, 「한국은 기후난민이 되는 쪽, 멀뚱멀뚱하는 게 위기」, 『이투뉴스』 2020년 1월 1일 자.

어린 소녀"라며 조롱했다. 그러고 반년도 지나지 않아 팬데믹이 시작됐고, 트럼프가 대통령인 미국에서 세계에서 가장 많은 46만여 명의 사망자가 나왔다. 트럼프는 툰베리의 꿈뿐만 아니라 미국 시민들의 생명도 훔쳤다.

2019년 가을에 나는, 기후 붕괴가 가까웠으니 대륙을 넘나들며 진행되는 글로벌 생산-소비 사이클 산업을 획기적으로 줄이고 전 세계가 참여하는 기후경제 시스템을 시작해야 한다는 글을 썼다. 그런 글을 쓰면서도 나는 그런 희망은 어림 반푼어치도 없고 내 생전에는 볼 일이 없으리라고 여겼다. 그러고 나서 반년 만에, 대륙을 넘나들던 비행기들의 운항이 중단되고 국경이 폐쇄됐다. 쓸모가 없어진 원유는 가격이 폭락했다. 인류가 자신의 힘으로는 해낼 수 없던 비행기의 운항 중단을 바이러스가 해냈다. 세계 무역이 중단되자 공장들이 멈췄고 대기가 맑아지기 시작했다. 물고기 떼가 보일 정도로 베네치아의 운하가 깨끗해졌다는 뉴스도 있었다.

팬데믹이 세계의 정부들을 하나로 묶었다. 탄소 중립화를 선언하고 화석 연료를 추방하는 일에 속도를 내기 시작했다. 우리도 세계 최초로 수소산업 진흥을 위한 수소법을 만들고 시행에 들어갔다. 그렇다면 인류 앞에서 종말은 몇 발자국이나 물러섰을까. 화석 연료 대신 청정 에너지 발전을 하고 내연기관 차량을 전기 수소차로 바꾼다는 로드맵이 나왔을 때, 가장 크게 환호를 지른 곳이 전 세계 주식 시장이다. 기후 붕괴를 막기 위한 친환경 산업은 산업계의 입장에서는 새로운 먹거리를 창출하는 기회다. 기존의 주유소를 전기 수소 충전소로 교체하고, 석탄 발전소를 허물고 태양광 발전소를 짓고, 내연기관을 뜯어내고 전기 모터를 다는 일은 모두 돈이 된다. 세계 곳곳에 전기차 공장이 지어지고 있다. 그 과정에서 나오는, 그리고 전기차 배터리와 수소 연료를 개발한다며 쏟아내는 오염 물질들은 다 어디로 갈까.

인류는 과거의 탐욕을 미래의 탐욕으로 덮고 있다. 지구를 지킨다며 새로운 산업을 일으키고 있지만, 그 새로운 산업이 다시 한번 지구를 병들게 할 것이다. 전기차 산업은 벌써 과잉 설비 논란이 나오고 있다. 그렇다고 세계 정부가 겨우 합의에 이른 친환경 산업을 부정할 수는 없으니, 이제 우리는 이 신산업들의 과잉과 반칙을 경계하고 감시해야 한다.

새로운 산업은 새로운 부자를, 더 큰 부자를 만들어낸다. 팬데믹의 과정에서 우리는 재앙이 빈부격차의 메울 수 없는 균열을 타고 절망적으로 흘러내린다는 사실을 봤다. 트럼프가 코로나19에 확진되고 1억 1천만 원이 넘는 돈이 치료비로 쓰였다는 사실이 논란이 됐다. 퇴원하면서 트럼프가 "코로나를 두려워하지 말라"고 하자, 가족을 잃은 미국인들은 분노했다. 한 시민은 "코로나19는 두 개의 미국이 있다는 걸 보여주었다"고 신문에 기고했다. 두 미국이란 "트럼프가 사는 미국과 나의 아버지가 죽은 미국", 잘사는 자들의 미국과 못사는 자들의 미국이다. "트럼프는 초반에 병원에 입원했으나 아버지는 병원에 갔다가 집에 가라는 말과 함께 숨 쉴 수 없을 때만 오라는 말을 들었다"[7]고 그는 분개했다.

7 백나리 기자, 「"코로나 두려워 말라고? 트럼프 어떻게 그런 말 하나"」, 『연합뉴스』 2020년 10월 7일 자.

'K자 양극화'는 국가 간에도 적용된다. 코로나19의 치명률은 2021년 봄 현재 2.18퍼센트로 집계되고 있지만 이는 평균일 뿐이고 적절한 수치가 아닐 수 있다. 멕시코처럼 의료 인프라가 충분치 않고 병원을 이용할 수 없는 빈곤층이 다수인 나라들에선 치명률이 "9.98퍼센트"[8]에 달할 수 있다. 병원에 가보지도 못하고 숨진 이들까지 포함해 추정한 치명률이다. 나는 인도나 아프리카, 그리고 팬데믹 소식을 들을 수 없는 북한 같은 빈국을 떠올릴 때마다 마음이 처참해진다.

빈부격차는 팬데믹의 전파에도 영향을 끼쳤다. 칠레에서 팬데믹은 초기에, 유럽이나 미국으로 여행을 다닐 수 있는 부유층들에 집중됐다. 하지만 부유층들이 사는 집에 "가사도우미 등으로 일하던 이들이" 바이러스를 "비좁고 위생이 열악한 빈민 거주지역"[9]으로 가져왔고,

8 고미혜 기자, 「코로나 치명률 10% 육박, 멕시코 올해 사망자 예년보다 37%↑」, 『연합뉴스』 2020년 10월 27일 자.

9 고미혜 기자, 「두 세계를 사는 중남미… 빈부격차가 코로나에 미친 영향」, 『연합뉴스』 2020년 6월 21일 자.

빈민촌을 중심으로 무섭게 퍼져나갔다. 결국 팬데믹의 피해는 취약계층이 몇 배는 더 짊어져야 했다.

팬데믹이 민낯처럼 드러낸 취약계층의 이야기는 끝도 없이 나온다. 팬데믹 기간에 한국과 일본 양국에서 자살자가 늘어났는데 그중에서 젊은 여성들의 자살이 급증했다. 일본은 2020년 “8월 한 달 동안” 자살자가 “15.3퍼센트(246명) 급증”했는데, “남성은 5.3퍼센트(60명) 늘어”났지만 “여성은 40.1퍼센트(186명) 급증”[10]해 여성 자살자의 증가가 훨씬 컸다. 한국 역시 심각하다. 팬데믹 기간 “전체 자살자 수는 지난해와 비슷하지만 성별로 보면 남성은 줄고 여성은 7.1퍼센트 늘었”다. 특히 “서울시 통계로 올 상반기 20대 여성 자살자는 지난해 같은 기간의 4배가 넘”[11]는다.

10 박세진 기자, 「코로나 확산 日 8월 자살 급증… 정부 긴급 메시지 발표」, 『연합뉴스』 2020년 9월 11일 자.

11 조동찬 기자, 「코로나 블루, 수도권 2030 여성에게 재앙」, 〈SBS뉴스〉 2020년 9월 9일 자.

종말은 평등하지 않다. 종말은 인류 모두에게 마찬가지로 닥치겠지만, 최종 결과에 이를 그 수백 년 동안 어떤 이들은 여전히 우월한 지위를 누릴 것이다. 이렇게 말하면 빌 게이츠의 백신 개발에 대한 공헌은, 카카오 김범수 의장의 5조 원에 이르는 재산을 기부한다는 발표는 뭐냐고 할지도 모른다. 재앙의 한가운데서 들려온 미담들은 우리를 위로해주고 안심시킨다.

하지만 힘이 센 늑대들은 자신이 겪을 고통을 약한 이들에게 전가하고 끝끝내 배를 채울 것이다. 국제구호개발기구 옥스팜에 의하면 세계 억만장자들의 재산은 팬데믹 시작을 기점으로 감소했다가 9개월 만에 “99.9퍼센트 수준으로 돌아”왔다. 한편 “하루에 5.5달러 미만으로 생활하는 빈곤 인구가 2030년 2억~5억 명 증가할 것으로 예상”[12]되고 이들은 회복되는 데 10년 이상 걸릴 것으로 보인다. 미국의 억만장자들은 오히려 “자산이 총 1조 1천억 달러(한화 약 1,215조 원) 증가했다”. 여기엔 미담

12 박미리 기자, 「옥스팜 “빈곤층, 코로나19 손실회복에 10년 이상 걸려”」, 〈이로운넷〉 2021년 1월 25일 자.

의 주인공 빌 게이츠도 포함된다. 미국의 억만장자 660명이 소유한 재산은 "미국 인구의 하위 50퍼센트가 보유하고 있는 재산의 3분의 2보다 많"[13]고, 억만장자 리스트는 팬데믹 기간에 마흔여섯 명이나 늘어났다. 워런 버핏의 회사 버크셔해서웨이가 팬데믹 기간인 "4～9월"에 "약 560억 달러(약 61조 1천억 원)의 순이익을 내고도 자회사 한 곳에서 1만 3천 명이 넘는 직원"[14]을 해고했다는 뉴스도 있었다.

백신 문제에서도 힘이 센 국가는 가난한 국가들에게 늑대로서 행동한다. "유럽연합(EU)의 경우 인구 대비 2배, 미국과 영국은 4배 이상 접종이 가능한 백신 물량을 '입도선매'했"지만 "저소득 국가들의 경우 2024년 전까지는 자국 인구 전체에게 접종할 수 있는 충분한 백신 물량을 확보하기 어려운 상황"[15]이다. 우리 한국은

13 김현지 기자, 「美 억만장자들, "코로나로 1200조 벌었다"… 대유행 이후 재산 40% 증가」, 『머니투데이』 2021년 1월 27일 자.

14 이영섭 기자, 「미 대기업들 팬데믹 속 흑자 내고도 주주만 배불려… 직원은 해고」, 『연합뉴스』 2020년 12월 17일 자.

15 김영현 기자, 「코로나 1억 명, 깊어지는 불평등 구조… 바이러스

늑대일까, 양일까. 우리는 지난해 이탈리아를 제치고 세계 7위의 1인당 국내총생산GDP을 달성했고 경제 규모도 세계 10위권이다. 백신을 국내에서 위탁 생산할 정도로 기술력도 세계 최고다. 하지만 백신 접종에선 뒤로 밀렸다. 우리는 아직 힘이 덜 센 늑대다.

슬픈 예측이긴 하지만 종말이 가까워질수록, 확실해질수록, 인류는 더 많은 늑대를 보게 될 것이다. 더 많은 늑대가, 더 노골적으로 세상이 제 것인 양 활개 치는 광경을 보게 될 것이다. 기후 붕괴는 재앙이다. 그리고 그 재앙의 밤 가운데 이빨을 번뜩이며 나타날 늑대들은 인류의 밤을 더욱 어둡게 할 것이다.

[2021]

보다 무섭다」, 『연합뉴스』 2021년 1월 24일 자.

미학적인 것

세계의 총체성, 책의 총체성

조르조 아감벤의 『불과 글』(윤병언 옮김, 책세상, 2016)에는 책이 서양인의 정신에 얼마나 결정적인 영향을 끼쳤는가 하는 이야기가 나온다. 4~5세기 유럽에서, 책은 두루마리에서 좌우로 페이지를 넘기는 지금의 형태로 바뀌었다.

두루마리는 파피루스나 양피지 한 장으로 된, 둥글게 말아놓은 형태의 책이었다. 고대 이집트에서는 파피루스 두루마리가 보통 30미터 길이였고, 그리스의 두루마리는 11미터 길이였다. 폭은 성인 손의 한 뼘 폭인 23~25센티미터 정도였다. 두루마리 하나에는 「신약」의 복음서 한 편 정도를 실을 수 있었다고 한다(〈다음백과〉, '고대의 책' 항목).

고대의 독자들은 그런 두루마리를 책상이나 팔뚝에

걸쳐놓고는, 말아놓은 부분을 아래로 조금씩 펼쳐가며 읽었을 것이다. 두루마리는 책 한 권이 한 장으로 이뤄졌다. 그래서 두루마리를 읽으면서 책으로 이뤄진 하나의 세계를 조각조각 끊어 읽을 필요가 없었다.

이감벤은 이렇게 말한다. "두루마리를 읽는 독서의 시간은 어떻게 보면 인간이 경험하는 삶과 우주의 시간을 재현하는 것과 마찬가지였을 것이다"(p. 167).* 실제 세계에서 우리는 시간을 연속적으로 감각한다. 우리가 깊은 잠을 자고 일어나서도 시간에 대해 좀처럼 혼란을 겪지 않는 것은, 시간의 흐름은 어김없고 연속성은 절대 깨지지 않는다는 믿음을 갖고 있기 때문이다.

두루마리는 실제 세계의 총체성에 대한 감각을 그럭저럭 보존했다. 두루마리를 통한 독서는, 인간이 책 바깥에서 실제 세계를 경험하는 것과 비슷한 감각을 제공해주었을 것이다.

* 조르조 아감벤, 『불과 글』, 윤병언 옮김, 책세상, 2016. 이하 이 책에서의 인용은 쪽수만 표기한다.

그러다 책은 좌우로 페이지를 넘기는 지금의 형태로 발전한다. 좌우로 넘기며 읽을 수 있도록 낱장을 묶어 만든 형태다. 아직 종이가 들어오지 않았을 때, 4~5세기의 유럽인들은 양피지를 네모반듯하게 잘라 여러 장을 묶어 책을 만들었다. 아감벤은 이런 새로운 형태의 책이, 이전 형태의 볼루멘volumen과 대비시켜 코덱스codex라고 불렸다고 소개한다. 코덱스의 등장을 두고 아감벤은 혁명이라고 부른다.

코덱스의 혁명은 '페이지'의 등장으로 가능해졌다. 페이지는 두루마리 독서로 가능했던 세계에 대한 연속적인 감각을 실질적으로 파괴했다. 세계는 좌와 우의 페이지로 잘리고, 읽은 페이지를 넘길 때마다 그 페이지는 시야에서 사라지고, 독자는 시간의 흐름이 끊기는 것을 감각하게 된다.

이는 우리가 가지는 세계의 총체성에 대한 감각에도 변이를 가져온다. 페이지로 나누어 읽은 독서에서는 세계는 "일련의 불연속적이면서 분명하게 구분된 단위"(p. 165), 그러니까 페이지로 편편이 나뉜다. 이 편편이 나뉜

세계에서는 시간도 불연속적으로 흐르며, 세계를 한눈에 조망하는 일도 불가능해진다.

또한 이는 책의 총체성 문제이기도 하다. 두루마리와는 달리 코덱스는 자신의 전체를, 책의 총체성을 한눈에 조망할 수 있도록 허락하지 않는다. 우리는 책을 읽을 수는 있어도 책의 전체를, 총체성을 한눈에 파악할 수는 없다.

어떤 책을 어떻게 읽느냐의 문제는, 그러니까 독서는,

세계를 감각하는 문제이면서 동시에 세계를 총체적으로 인식하는 문제이다.

책이라는 매체는 물질적이면서 정신적인 매체다. 내가 보기에 책은, 인간이 발명한 문명의 이기 가운데 인간과 가장 닮은 매체다. 종이책은 묶은 종이라는 '물성'을 가지면서, 언어라는 추상적인 매질을 통해 구현된 '정신성'을 담고 있다. 책의 정신성은 우리가 독서라는 정신의 행위를 통해서만 획득할 수 있는 추상적인 세계다.

물성과 정신성은 우리 인간이 우리 자신을 인식할 때와 거의 같은 방식으로 책을 인식하게 한다. 우리는 자기 육체에서 온기를 가진 부정할 수 없는 물성을 느낀다. 동시에 보이지도 만져지지도 않지만 육체의 물성을 넘어서는 또 다른 자기 자신을 느낀다. 정신, 영혼, 혹은 자아라고 불리는 이러한 정신성은, 육체와 분리될 수 없는 방식을 통해 자신의 실존을 드러낸다.

인간은 인간의 정신성을 부정할 수 없다. 왜냐하면 정신성을 부정하려는 생각 자체가 정신성이기 때문이다.

마찬가지로 육체라는 물성도 부정할 수 없다. 왜냐하면 육체를 부정하는 동시에 우리의 정신도 멈출 것임을 우리가 알기 때문이다.

책과 인간은 닮았다. 책이 종이라는 물성만으로 이뤄졌다면 우리에게 책은 종이를 묶어놓은 더미에 불과할 것이다. 또한 학문이나 예술이라는, 언어로 구현된 추상적인 세계는 종이 같은 물성을 가진 매체를 통하지 않으면 판독 가능한 세계로 구현되지 않는다.

책은 인간처럼 물성과 정신성을 동시에 가진다. 그리고 책이 두루마리에서 페이지를 가진 종이책으로 발전하는 궤를 따라, 학문과 예술이라는 인간의 추상적인 세계도 함께 발전되어왔다. 이 때문에 코덱스의 발명을 두고 아감벤은 혁명이라고 부를 수 있었다.

그리고 우리는 코덱스 이후 전자책이 주류가 되어가는 세상을 마주하고 있다. 전자책은 이제 어디서나 볼 수 있는 보편적인 매체가 되고 있다. 종이책 계약을 할 때면 전자책 계약서도 함께 쓰고, 종이책으로 나오는 시기와 비슷하게 전자책이 인터넷 서점에 올라온다.

전자책은 사실 생김새만 보면 여전히 종이책이다. 표지와 내지와 목차와 본문, 판권장까지 종이책과 똑같다. 읽는 방법도 같다. 전자책 리더기나 컴퓨터의 모니터를 통해 좌우로 페이지를 넘기며 읽는 방식이다. 종이책과 다른 점은 매질이 종이가 아니라는 사실이다. 하지만 독서 방법이 같으니, 책을 통해 세계를 감각하고 인식하는 수준도 엇비슷하지 않을까.

전자책이 미래에 있을 책의 유일한 형태가 아닐지도 모른다. 내가 소설가로 다시 활동하기 시작했을 때 제안 하나를 받았다. 웹소설을 써보지 않겠느냐는 것이었다. 내가 웹소설에 대해 알고 있는 것은 이름뿐이었다. 대충 설명을 들었다. 하지만 나는 인세도 원고료도 없고 종이책으로도 나오지 않는 소설은 상상할 수 없었고, 그 자리에서 거절했다. 웹소설은 그만큼이나 낯선 장르였다.

그게 2013년 겨울의 일이었다. 그리고 2019년 봄에 내가 들은 소식은, 2018년 웹소설 시장 규모가 4천억 원(추정치)으로 2013년 기준 1백억 원에 비해 40배 성장했다는 한국콘텐츠진흥원의 발표였다.

웹소설이나 웹툰도 책의 새로운 세대로 봐야 하지 않을까. 내가 어렸을 때 보던 종이로 된 만화잡지가 책이었던 것처럼. 과거의 책들을 기준으로 보면, 웹소설이나 웹툰은 두루마리로 독서하는 방식에 가깝다. 화면 조작 방식인 스크롤scoll이라는 단어 자체가 '두루마리'를 뜻한다.

아마도 웹북이라 불러도 될 이 웹상의 책들은 두루마리를 펼치듯 상하로, 이론상으로는 거의 무한대로 내려볼 수 있는 형식을 가진다. 그렇다면 책의 정체가 옛 두루마리를 읽던 시절로 돌아가고 있는 것일까.

하지만 웹북의 특징은 두루마리와의 유사성만으로 끝나지 않는다. 작품은 여러 회(편)으로 이뤄진 연재 방식이 대부분이고, 따라서 독자는 페이지를 넘기듯 다음 회를 클릭해 열어야 한다.

연재 페이지를 열면 서점의 가판대처럼 각 회의 표지들이 화면 가득 정렬되어 나타난다. 독자는 마음 내키는 대로 이 회 저 회를 열어볼 수도 있다. 접해본 경험이 많지 않아 더 많은 이야기를 할 수 없지만, 웹북의 정렬 형식은, 종이책의 좌우로 넘겨보는 페이지보다 더한 자유도를 독자에게 제공한다.

이 새로운 책의 형식에서, 세계가 총체적으로 구현되지 않는다거나 세계를 총체적으로 조망할 수 없다는 표현은 어울리지 않아 보인다. 세계는 웹상에서, 실제와는 무관한 방식으로 구성된다.

종이책은 세계를 불연속적이고 단위별로 나누지만 여전히 실제 세계의 감각을 지향했다. 종이책은 그 자체로 하나의 조화로운 세계를 구성하려 했다. 따라서 앞뒤 표지 디자인과 내지의 색상, 본문 내용과 본문의 활자체, 판권장까지 책의 모든 요소가 조화로워야 했다. 조화를 통해 이뤄지는 책의 완성도는, 책의 가치를 판단하는 중요한 기준이었다. 종이책은 실제 세계처럼 되기를 원했고 흉내 냈다. 한 권의 책이 곧 하나의 완성된 세계라는 지향은, 종이책의 이념이었다.

하지만 아이콘으로 정렬되어 아무 순서로나 클릭해도 되는 웹상의 책들은 무엇을 완성도의 기준으로 삼아야 할까. 혹시 종이책의 이념은 이 새로운 시대의 책들에게는 고려할 만한 가치가 없는 기준은 아닐까.

왜 굳이 하나의 세계를 구현해야 하지? 지금으로도 충분한데, 왜 우리가 진짜 세계를 흉내 내야 하지? 하고 반문하고 있지는 않을까?

독서 방식만큼이나 가격이 흥미를 끈다. 싸다는 것은 책의 소비 심리에 적지 않은 영향을 미친다. 인쇄술이 발명되기 전에 책은 사람이 직접 손으로 써 내려가 만들었다. 책이라고 하면 필사본이 전부인 줄 알았던 중세 유럽의 독자들에게, 대량 생산된 인쇄본 책이 얼마나 값어치 없어 보였겠는가. 그건 거의 책이라고 할 수도 없었을 것이다.

그와 비슷한 느낌을 나는 웹북들에게서 느낀다. 회(편)당 1백 원이라면 몇 줄 읽다 버려도 아까운 생각이 들지 않을 것이다. 바로 이러한 소비 심리가 미치는 영향도 새로운 책들의 형성에 반영될 것이다.

여기서 그저 읽는다는 행위만을 놓고 본다면 SNS 매체도 책의 일종임이 틀림없다. 트위터나 페이스북, 인스

타그램의 형식은 저마다 달라서 어느 것이 SNS의 대표성을 띤다고 말할 수 없다. 하지만 미래의 우리는 미래의 책에서 SNS 매체가 물려준 유전자를 발견하게 될 것이다.

세계의 감각적 총체성은 두루마리에서 종이책과 전자책으로 넘어가며 깨졌고, 다시 전자책에서 웹상의 책들로 넘어오며 상당히 다른, 무관해 보이기까지 하는 수준으로 넘어가고 있다. 그리고 갈수록 더 많은 예상치 못한 변수가 나타나 책의 변화를 이끌 것이다. 책이 또 얼마나, 어떻게 달라질지 나는 감히 예상할 수 없다.

[2019]

바다의 문명화 과정

탁한 옥빛의 바닷물이 출렁이는데 그 위로 쇠로 된 벽 같은 것이 솟아 있다. 물결은 요동칠 준비를 하는 것처럼 높낮이가 다르다. 벽은 쇠로 된 것이 틀림없다. 표면을 물들인 검붉은 것은 쇠붙이의 표면에 스는 녹이고, 그 사이로 비치는 흰빛은 쇠의 원래 색깔이거나 아니면 말라붙은 소금일 것이다. 그리고 벽 한가운데 크기를 짐작할 수 없는 표지판이 하나 붙어 있는데, 거기에는 '들어가지 마시오. 출입 제한'이라고 씌어져 있다. 파도의 거친 에너지를 분산시키기 위한 목적인지, 벽에는 주름도 져 있다.

싱가포르 작가 찰스 림 이 용의 작품 「Sea State 4: line in the chart」가 보여주고 있는 것이 무엇인지 알기 위해서는 약간의 힌트와 시간이 필요하다. 이 전시회가 바다에 관한 전시라는 힌트, 저 검붉은 쇠 벽 아래 출렁이는 것이 바닷물이라고 추론할 시간. 그러면 다시 의문들이 피어오른다. 어떻게 바다에 쇠로 된 장벽을 세울 수 있지? 왜 바다에 장벽을 세웠지? 거기 뭐가 있다고?

우리나라는 삼면이 바다로 둘러싸여 있지만 배를 타고 나가 바다를 정복한 역사가 있는 해양 국가는 아니다. 북쪽은 육로로 중국과 이어져 있고 서쪽 바다는 중국 대륙에, 남쪽과 동쪽 바다는 일본 도서에 가로막혀 있다. 따라서 바다가 삼면이라 해도 배를 타고 아주 멀리까지 나갈 일이 많지 않았다. 그래서인지 우리에겐 루노 라고 마르시노의 작품들에 등장하는 콜럼버스 같은 해양 탐험가도 드물고, 배를 집어삼키는 대왕문어 같은, 해양의 상상력에 뿌리를 내린 문화도 좀처럼 찾아볼 수 없다.

그러나 오래전부터 바다를 탐험하고 신대륙을 발견하고 식민지를 개척했던 역사를 가진 나라들에게 바다의 의미는 우리와 다를 것이다. 싱가포르처럼 그들은, 바다에 장벽을 세우고 출입 금지 표지판을 달 생각을 하는 나라들이다. 내가 처음 작품과 마주했을 때 낯설게 느껴졌던 그 부분이다. 우리 문화에서 바다는 인간이 범접할 수 없는 규모와 힘을 지닌 대자연이고, 따라서 그 자체로 이미 장벽으로 기능한다. 싱가포르에 실제로 존재하는 바다 장벽처럼, 장벽에 또 하나의 장벽을 세우는 일은 우리 문화에서는 좀처럼 상상할 수 없는 일이다.

국제갤러리에서 8월 20일까지 열린 〈격자에 갇힌 바다Gridded Currents〉(2017) 전시회는 이처럼 쇠로 된 장벽까지 세워가며 '바다'라는 대자연을 관리하려 드는 문명의 여러 모습을 담은 전시회다. 싱가포르의 바다 장벽은 공중에서 촬영한다면 분명히 바다 위에 쳐진 선, 도형, 격자처럼 보일 것이다. 여기서 '관리'란 인류를 위한 총체적인 쓰임을 말한다. 무역을 가능케 하고, 관광 산업에 기여하며, 광물과 수산물을 채집할 수 있고, 국가의 영토를 한정하는 국경의 역할도 한다. 때로는 이 전시회처럼 예술의 중요한 콘셉트로 쓰이기도 한다. 그리고 이러한 인류를 위한 쓰임의 총체가 문명이다.

니나 카셀의 「Shedding Sheaths」는 이번에 바다 밑, 해저에 그어진 격자를 보여준다. 전시장 바닥 여기저기 흩어져 있는 고무 조각들 역시 인간이 바다에 그려놓은 실질적인 격자라고 할 수 있다. 이 오브제 작품은 못 쓰게 된 전력용 혹은 통신용 케이블을 이용한다. 도시와 도시, 국가와 국가, 대륙과 대륙 사이의 인터넷 통신을 위해 인간은 바다를 가로질러 데이터를 송수신할 수 있는 케이블을 깔아왔고, 그 케이블들이 세계의 해저에 지금 격자처럼 쳐져 있는 것이다. 'grid'는 격자무늬이면서 배전망이라는 뜻도 있다. 전시회의 제목인 "격자에 갇힌 바다"는 은유적인 표현이 아니다. 이미 바다는 해상이든 해저든 인간이 그어놓은 격자들로 어지럽다. 그 격자들은 옛날, 바다의 지도를 만들며 미지의 공간을 상상해 가상으로 그어놓은 모눈들이 아니다. 격자들은 바다 장벽의 쇳덩이처럼 단단하고 해저 케이블처럼 규모가 어마어마하다.

인간이 바다에 진출하고 탐험하는 데는 배가 없어서는 안 된다. 역청은 인간이 처음 나무로 배를 만들어 바다에 띄웠을 때 침수로부터 안전하게 지켜주는 역할을 했다. 인간은 역청으로 나무배의 틈새를 막아 원거리까지 배를 몰고 나갈 수 있었고, 비로소 대륙과 대륙 사이를 격자무늬처럼 가로지를 수가 있었다. 김아영은 그 역청을 오브제 삼아, 인간이 어떻게 바다를 육지처럼 활용해왔는지 서사적인 시각으로 바라본다. 역청은 성경에서 노아의 방주에 발랐다는 기록이 나올 정도로 아주 옛날부터 쓰였다고 한다. 비디오 작품인 「무한 반복의 역청 지휘」는 역청을 바른 배를 통해 바다를 지휘할 수 있게 된 인간의 문명을 은유적으로 표현한다. 인간은 더 이상 바다에 휘둘리는 존재가 아니다. 인간은 제 두 손으로 바다로 나아가 바다를 지휘하는 존재다.

전시회에서 가장 인상적인 비디오 작품인 김아영의 「이 배가 우리를 지켜주리라」는 인간이 바다로 진출하면서 어느새 바다도 육지로 들어왔음을, 인간이 쌓아 올린 문명의 한 극단, 즉 예술 작품을 통해 보여준다. 파리의 국립 오페라 극장은 육지 한가운데 있으면서도 바다에 떠 있는 배와 유사한 공간이다. 전시회장에서 이뤄졌던 짧은 인터뷰에서 작가는 이 유서 깊은 극장이 실제로 "배처럼 물 위에 둥둥 떠 있는 형국"이라고 말했다. 극장 지하에서 대량의 지하수가 터져 당시 선박에 쓰이던 역청을 이용해 건물의 침수를 막았다는 것이다. 역청을 이용한 점뿐만 아니라, 비디오에 찍힌 극장 내부 설비도 배를 연상시킨다. 전시회 리플릿에 의하면 실제로 극장을 지을 때 “선박 내부의 설비를 응용하고 실제로 배를 주조하는 건축술을” 이용했다고 한다. 극장의 설비를 가리키는 용어에는 아직도 “선박 용어들이 남아 있”다. 비디오에는 무대 커튼을 끌어올리는 도르래가 잠깐 비치는데, 영화에서 봤던 돛대를 끌어올리는 장치와 비슷하게 보인다.

「이 배가 우리를 지켜주리라」는 언뜻 커다란 나무배의 내부를 연상시키는 호박색 실내에서, 남녀 무용수들이 춤을 추고 그 사이사이를 검은 옷을 걸친 가수들이 돌아다니며 노래를 부르는 장면들로 이뤄졌다. 흥미로운 것은 노래 가사다. 그들은 파리 복판의 오페라 극장에 있으면서도 “배를 타세요!” 하고 슬픈 어조로 읊조린다. 이는 낯선 세계를 탐험하는 데 쓰이는 배가, 어느덧 문화의 중심에서 상징적인 힘을 지닌 메타포로 쓰이기 시작했음을 보여준다. 바다가 문명화되었음을 보여준다.

바다 같은 대자연은 인간의 관리를 거부하는 숭고한

어떤 것이었다. 인간의 정신을 압도하고, 인간을 어쩔 줄 모르게 하며, 인간을 하찮은 존재로 만들어버리는 어떤 것이었다. 그것은 인간의 범위를 넘어서기 때문에 완전히 파악하는 것도 불가능한 대상이었다. 하지만 인간은 스스로 생명을 버려가며 에베레스트 산을 정복했고, 몇 세기나 온 바다를 헤집으며 탐험해 남김없이 지도에 담아 놓았다.

그 결과가 바다에 그어진 격자무늬다. 격자무늬는 해양 지도에 일정한 간격으로 그려진 모눈들처럼 위도와 경도를 알려주는 가상의 선들이기도 하다. 인간은 바다를 위도와 경도로 정확히 구획함으로써 바다에게서, 바다가 가진 인간을 위협하는 힘, 즉 고유의 숭고함을 내쫓아버렸다. 이제 바다는 인간을 두려움에 떨게 하는 존재가 아니라, 안전한 육지의 테이블 위에 올려놓고 차를 마시며 이야기를 나눌 수 있는 대상으로 축소되어버렸다. 숭고함은 이제 바다에 없다. 있다면 정교미이고, 그래픽적인 아름다움이다.

그 차이를 찰스 림 이 용의 「Sea State 8: The Grid」가

간단히 보여준다. 싱가포르는 섬 면적을 간척 사업을 통해 넓히는 대규모 사업을 진행 중인데, 두 장의 지도로 표현된 섬과 바다는 단순한 그래픽적인 요소들로 축소되어 나타난다. 이는 인간이 바다를 바라보는 시각이 대자연을 대하는 시각이 아님을 노골적으로 드러낸다. 그 시각은 지도라는 문명의 도구를 통해, 이미 문명의 일부가 된 자연, 관리가 가능해진 바다를 표현한다. 이러한 관리자의 시각은 대자연이 마침내 인간의 오랜 손길에 의해 문명화 과정을 거쳐 문명의 일부가 되었음을 말해준다.

그렇다고 바다가 완전히 인간의 손에 떨어진 것은 아니다. 인간은 바다를 정복해 격자 안에 가둬두었다고 주장할 테지만, 자연은 언제고 인간의 오만함을 일깨울 준비가 되어 있다. 인간은 바다를, 자연을 정복했다기보다는 가능한 일부만 활용하고 있을 뿐이다. 바다를 정복한 것이 아니라 훼손하고 있다는 말이 더 정확할 것이다. 루노 라고마르시노의 비디오 작품 「바다 문법Sea Grammer」은 인간이 바다를 활용하는 법을 고발한 작품이다.

문법이 재료인 언어를 다루듯이, 바다 문법은 바다를

다룬다. 문법은 세계를 운용하는 하나의 법칙이고, 문명화 과정에서 빼놓을 수 없는 요소이다. 인간은 외부 세계에 문법 같은 법칙을 부여함으로써, 인간의 문명에 알맞게 재구성하고 재창조한다. 「바다 문법」은 슬라이드가 한 장씩 넘어가면서, 처음엔 배가 한 척 지나갈 뿐인 바다 풍경에 인위적으로 만든 구멍이 하나둘씩 뚫리는 과정을 보여준다. 나중엔 구멍들로 가득 차, 처음의 바다는 인간이 뚫어놓은 구멍들 사이로 알아볼 수 없게 망가져서 사라진다.

〈격자에 갇힌 바다〉전은 바다 안팎에 그어진 실질적인 격자, 상징적인 격자들을 다룬다. 해저 케이블에서부터 간척 사업용 해도에 그어진 구획선까지. 파리의 한복판에 들어온 배부터 인간이 나가보지도 못한 원해에 그어진 상상의 위도·경도선까지. 이러한 인간의 작업들은 애초에 인간의 것이 아닌 대자연을 인간의 관리 아래 두려는, 문명화 과정의 작업들이다.

인간은 바다에 가상의 격자무늬를 그리면서 바다를 관리 가능한 대상으로 만든다. 인간은 자연을 모눈종이에 가둬둠으로써 문명의 일부로 만들었다. 인간은 자연을 정복할 수는 없지만 관리할 수는 있다.

[2017]

순수라는 이데올로기

'순혈 작가'라는 말이 있는 모양이다. 나는 이 말을 작년 가을 트위터에서 처음 봤는데, 그 뒤로 내 이름을 검색하다가 순혈 작가라는 말이 다시 언론에서 다뤄진 사실을 알게 되었다. 당시엔 읽지 않았다. 등단하고 20년쯤 지나 보면 나에 대한 기사도 잘 찾아 읽지 않게 된다. 다른 작가들은 어떤지 모르지만 나는 그렇다.

그 기사를 얼마 전에야 찾아 읽었다. 그러고 나서 순혈 작가의 의미가 "특정 문예지에서 등단하고, 작품을 게재하고, 비평이나 인터뷰를 통해 호명되고, 책을 출간한 작가"라는 사실을 알게 되었다. 기사의 말미에 내 이름도 있었다. 어떤 글을 읽고 반응을 보이는 지점은 사람마다 다르다. '순혈 작가'라는 단어. 그 단어 하나에 내 마음이 끌렸다. 기사의 근거가 된 논문은 "문학권력의 실체를 규명하기 위한 정량적·통계적 분석"[1] 방법으로 쓰였다.

기사가 나오기 전에 이미 나는 어느 문인의 트윗에서 그 단어를 보았다. 그 문인이 논문을 읽어 순혈 작가라는 말을 알았는지, 아니면 순혈 작가가 그 이전부터 문단에서 '소수 공동체의 방언'으로 쓰이고 있어서 알았는지는 모르겠다. 나는 문단 출입을 거의 하지 않아 그런 쪽으로는 모른다.

순혈 작가란 말이 어째서 내 마음에 걸렸을까. 문단에 어쩌다 순혈, 순수한 혈통이라는 말까지 등장하게 됐을까. 2차 세계대전 당시 히틀러의 나치 정권이 저질렀던 반인륜적 범죄의 명분이 순수한 혈통이었다. 히틀러의 인종주의에서는 우스울 정도로 비현실적인 논리가 읽히면서도, 동시에 바로 코앞의 현실에서 풍기는 피비린내가 맡아진다. 지극히 비현실적이면서 동시에 지독히 명백한 현실. 어떻게? 어떻게 하나의 단어가 실현될 수 없는 난센

1 황수현 기자, 「'문동 작가?' 숫자로 확인된 문학권력의 실체」, 『한국일보』 2015년 10월 28일 자.

스이면서, 동시에 엄연히 존재하는 현실이 된 것일까.

순혈 작가라는 말이 논문의 작성 과정에서 나온 조어라면 일회성 발언이라고 치부할 수도 있다. 하지만 문단에서 만들어져서 문단에서 현재 통용되고 있는 말이라면, 일회성 발언 그 이상의 의미가 있지 않을까.

계간지 『세계의 문학』이 더 이상 나오지 않는다는 사실도 며칠 전에야 알았다. 검색해보니 내가 쿠바에 머물던 2015년 10월 초에 첫 기사가 나왔다. 그 기사에서 내 눈길을 끈 부분은 "정기구독자 수가 30명 수준"[2]이라는 대목이었다. 문예 계간지의 판매 부수가 항상 궁금했는데, 비극적인 소식을 통해 궁금증이 풀렸으니 더 착잡하다.

『세계의 문학』이 사라졌다는 소식에 우울하고 착잡한 내 마음은 사실 기만적인 데가 없지 않다. 내가 『세계의 문학』을 정독해본 게 언제였는지, 혹은 정독해본 적이 있기나 한지 기억에 없기 때문이다. 『세계의 문학』에 글을 싣곤 하던 필자가 가지는 정도의 애정은 있었을지 몰라

2 박해현 기자, 「계간지 '세계의 문학' 겨울호를 끝으로 폐간」, 『조선일보』 2015년 10월 8일 자.

도, 나 역시 정기구독자는 아니었다.

문단이라는 마을이 있다고 해보자. '문단'은 '문인들의 사회'라는 사전적 정의가 있고, 여느 마을처럼 스스로를 존속 가능하게 하는 여러 제도와 체제를 갖추고 있다. '문단'은 때로 그 제도와 체제 자체를 일컫는 의미로 쓰이기도 한다. 문단은 사회이므로, 말 자체로는 긍정적이지도 부정적이지도 않다.

문단은 앞서 말한 논문의 정량적·통계적 분석으로는 다 잡히지 않는, 비이성적인 관행들과 불문율까지 포함하는,[3] 나름의 살아 꿈틀거리는 생태계를 갖고 있다. 문

3 '비이성적인 관행들과 불문율'이 무엇인지 나는 확실히 말할 수 없다. 다만 그럴 거라고 추측할 수 있을 뿐이고, 추측 따위를 지면에 옮겨 적을 순 없다. 그렇지만 이 정도는 한 예로 들 수 있을 것이다. 20년 전쯤에 문단의 한 선생으로부터 "모든 건 술자리에서 결정된다"라는 얘기를 들었다. 그리고 작년에 문단의 한 후배로부터 그 비슷한 투로 "모든 건 술자리에서 결정된다"라는 얘기를 또 들었다. 도대체 무엇이, 어떤 술자리에서, 어떻게, 왜 정해진다는 말일까. 이번 문단권력 논쟁에서, 한 비평가가 그러한 떠도는 이야기들이 실체가 없는 '상상된 추문'이라는 투로 불만을 토로하는 글을 읽은 기억이 있다. 신뢰할 만한 분의 글이기에 두 입장을 함께 전한다.

단은 그래서 늘 변화하고 커졌다 작아졌다 하기도 하며, 진화와 퇴화를 반복하기도 하고, 당연히 문단 바깥의 더 큰 생태계와 영향 관계에 놓여 있다. 이 생태계라는 성격 때문에 문단은 한눈에 투명하게 파악하기가 불가능하고 고착된 의미로 정의 내릴 수도 없다.

문단이 제도이고 체제이니, 나 역시 그 제도와 체제의 일부로 마을의 주민이 된다. 문단에서 나는 『문학과사회』라는 계간지를 통해 등단한 뒤로 책을 여덟 권 낸 소설가로 실재한다. 빼어난 문학작품이나 그 작품을 쓴 소설가에게 주어지는 문학상을 받은 적이 없으니, 문단의 기준에서 나는 성공한 소설가가 아니다. 제도를 만들고 체제를 실질적으로 운영하는 문학 출판사의 기획위원이나 문예지의 편집위원의 자리에 있지도 않으니 문단의 기준에서 지배적인 위치에 있지도 않다. 말하자면 나는 문단이라는 마을의 변방에 사는 양민에 가깝다. 순혈 작가니 잡지의 폐간이니 하는 마을의 소식들이 잘 전해지지도 않는 자리다.

문단 바깥에서는 문단이라는 제도와 체제가 고정된, 불변하는 것이라는 인상을 갖기 쉽다. 하지만 신경숙 표절 논란에서 알 수 있듯이 문단은 변한다. 똑같은 표절 논란이 10여 년 전엔 문단에서 묻혔다가, 이번 경우에는 10여 년 전과는 정반대의 결말에 가까워지고 있다. 문단의 무엇이 달라져서 일이 이렇게 뒤집혔는지는 몰라도, 달라졌다는 사실만은 확실하다.

이 사실을 기억해두고 싶다. 문단이라는 생태계의 생명력이 아직 다하지 않았음을. 그리고 표절 논란이라는 비극이 어떻게 문단의 역사에서 긍정적인 역할을 하는지 지켜봐야 한다.

사소한 문제 제기. 논란의 과정에서 나온 몇몇 표현들은 내 마음을 껄끄럽게 한다.[4] 그 표현들은 내가 이따금 들어온 폭력 가장들의 상투적인 주장들과 어딘지 모르게 닮아 있다. 폭력 가장들이 흔하게 쓰는 말들, 가정이라는

4 표현의 원문을 내가 정확히 인용하지 못하는 까닭은 지금 원문을 찾아 읽을 형편이 안 되기 때문이다. 오해가 있을지 몰라 덧붙이지만, 나는 둘의 성격의 동일성을 지적하는 것이 아니라 표현의 유사성을 지적하는 것일 뿐이다.

기본 공동체에서 권력을 남용하는 자들의 클리셰들. "남의 가정 일에 참견하지 마라." "아내(피해자)와 단둘이 있게 해달라." "사랑해서 때렸다."

또, 문단권력으로 지적된 쪽에서 나온 반론들 중에서 어째서 여성이 쓴 글이 없는지 궁금해진다.『문학과사회』『창작과비평』『문학동네』에 여성 기획위원이나 편집위원이 없지 않을 텐데 어째서 여성은 전면에 나서서 반론을 펴지 않을까.

혹시 '언뜻 사소해 보이는' 이 두 가지 사실이, 우리 문단권력의 성격 가운데 '언뜻 사소해 보이는' 어떤 부분을 말해주고 있지는 않을까. 혹시 문단권력이, 한국 사회의 가정을 지배하는 가부장제와 어딘가 모르게 겹쳐 있는 것은 아닐까. 혹시 가부장제의 확장, 혹은 상동 기관은 아닐까. 우리 사회에서 종손/지손을, 장자/서자를, 나아가 혈통의 순수성을 따지는 이는 누굴까.

앞서 말한 논문에 의하면 나도 문학과지성사(이하 '문지')『문학과사회』 쪽 순혈 작가다. 기사 내용의 옳고 그름을 따지기에 앞서, 순혈 같은 출신 성분이 작가에게 미칠 수 있는 영향은 무엇일까. 이 까다로운 문제를 다룬 이광호의 통찰력 있는 글을 얼마 전에 읽었다.

"가령 신춘문예라는 문학 장치를 통과한 문학 주체는 '신춘문예 등단자'로서의 문학 주체의 자격과 정체성을 가지며, 계간지 편집위원은 그 계간지의 편집권과 이념을 떠맡는 문학 주체가 된다. 문학 장치들은 개인들을 문학 주체로 호명하고 주체화하며, 개인들은 이 소속감에서 문학적 정체성을 확인한다."

이 과정에서 흔히 '문지 작가' '창비 작가' '문학동네(이하 '문동') 작가'라는 자칭 타칭의 분류가 발생한다.

"유력한 문학 매체에 의해 호명되면, 그 문학 매체의 작가 리스트 안에 자신의 이름을 새겨 넣는다는 측면에서 매체의 상징 자본의 우산 아래 들어가게 된다." 하지만 가령 내가 『문학과사회』(문지) 출신이라고 해서 매체와 나를 동일시한다면 이는 "오인"이다. 출신 매체의 문학적 특성은 작가에게 등단과 함께 착종된 일부이지, 작가의 총체적 특성일 수는 없다. 그 오인의 "극단적 사례는 자기가 속한 제도와 집단과의 '인격적' 동일시와 '적자嫡子 의식'일 것이다. [……] 유력한 문학 집단에 속해 있다는 것이 문학 주체의 고유성을 담보해주지는 않는다."[5]

인격적 동일시도 오인이고, 자신을 특정 출판사 문학적 전통의 적자인 양 여기는 것도 오인이자 시쳇말로 오버다. 하지만 출신 매체와 작가는 상호 영향 관계를 맺는다. 특정 작가가 "정체성"이나 "소속감"으로 표현된 상징 자본을 유력 문학 매체로부터 나눠 받을 때, 그 매체의 문학적 전통 역시 특정 작가의 문학을 포섭함으로써 갱신된다. 창비나 문지, 문동 같은, 비교적 색깔이 뚜렷한 출판사들의 문학 전통은 작가들과의 상호 영향 속에서 형성되어 오늘에 이르렀고, 현재도 변화 형성 중이다.

그러므로 순혈 작가 운운은 틀린 말은 아니다. 왜냐하면 기사에 소개된 출판사별 작가 리스트의 상위에 랭크된 작가들은, 독자의 눈으로 봤을 때 해당 출판사의 문학적 현재 그 자체일 수도 있기 때문이다.

5 이광호, 「문학 장치의 경계에서: '문학권력론'의 재인식」, 『문학과 사회』 2015년 겨울호, pp. 403~04.

그렇다고 맞는 말도 아닌 것이, 기사에 거론된 유력 문예지들에서 각광받은 작가들이 그 문예지 출신이 아닌 경우도 많기 때문이다. 특정 출판사의 문학 전통의 형성에 기여하는 것은 꼭 그 출판사 출신 작가만이 아니다. 출신을 먼저 따지지 않고, 특정 문예지에 "작품 게재, 호명, 책 출간"한 작가들을 전수 조사한 다음, 그중에서 출신을 가려 다시 분석했다면 아마도 결과가 상당히 달라지지 않았을까.

나는 1995년에 나온 첫번째 책 후기에서 이미 나 자신을 "혼종적 존재"라고 소개한 적이 있다. 인터넷 사전을 찾아보니 '혼종'이라는 말에는 잡종, 혼혈의 의미가 들어 있다. 북한에서는 "기계적으로 섞인 여러 품종의 씨앗"[6]이라는 의미로 쓰인다. 순수한 혈통은 내 취향이 아니다. 나는 혼혈이나 차라리 무혈통이 낫지 않나 싶다. 도대체 피가, 혈통이 뭐라고.

6 〈국립국어원 표준국어대사전〉.

출신 출판사나 문예지가 의미가 없는 것은 아니다. 등단 이후 작가의 행보에, 이광호의 표현대로라면 정체성에 영향을 미칠 수도 있기 때문이다. 때로는 영향이 상당할 수도 있다. 그렇다고 출신에 구태여 전근대성의 군내가 솔솔 풍기는 혈통이라는 말을 갖다 붙일 까닭은 없지 않나.

최근에 주목을 받는 잡지의 편집인을 몇 만난 적이 있다. 한 명은 큰 출판사를 끼지 않고 사재를 털어 잡지를 낸다기에, 기업체의 후원을 받는 게 어떠냐고 내 생각을 말했다. 다른 한 명은 이미 성공적으로 새 문예지를 창간했고 그러자 광고를 내겠다는 제의가 꽤 들어왔는데 모두 거절했다고 했다. 나는 미친 거 아니냐고 물었다. 이미 몇 달이나 된 일들이니 그 뒤로 그들이 어떤 선택을 했는지 나는 모른다.

이 존경스러운 동료들이 거절하고 있는 것은 기업체의 입김이 아닐 것이다. 그들이 진짜로 경계하는 것은 마음의 불안이 아닐까. 자신의 문학적 양심을 불안하게 할지 모를 모종의 그림자들. 아직 도래하지 않은 유혹을 미리부터 경계하는 일은 자신의 문학에 대한 염결성 없이는 있을 수 없는 일이다. 그들은 외부의 압력이 아니라 내부의 타협을 더 두려워해야 한다는 사실을 안다.

여기서도 순수/상업의 대립이 드러난다. 문학의 순수성은 '돈'이라는 자본주의, 혹은 신자유주의의 물신과 결연히 결별한다. 지금의 소설의 위기가 출판계 일부의 상업주의 탓인 듯 몰아붙이는 소리도 이따금 들려온다. 그렇다면 순수문학이란 상업성[7]을 최대한 배제한(완전히 배제한다는 것은 책을 무료로 배포하지 않는 이상 불가능하므로) 비(반)상업적인 문학이라는 말일까.

내가 등단하던 1990년대 중반만 해도 순수문학은 참여문학과 대립했다.[8] 그렇다면 '순수문학'이란 정치적 순

7 문제는 이 상업적인 문학을 대체 누가 하고 있느냐 하는 것이다. 상업적인 문학을 비난하는 목소리는 있어도, 그게 누구누구인지는 대놓고 말하지 않는다.

8 1990년대 중반 이전의 순수/참여문학 진영의 대립에 대해 내가 정확한 설명을 할 수 있을지 망설여진다. 적어도 대놓고 문학의 정치적 순수성을 주장한 글은 읽어본 적이 없기 때문이다. 문화의 순수성이

수성을 최대한 지키는(문학도 사회의 일부이므로 현실에서 완전히 순수해지기는 불가능하므로) 비(반)참여적인 문학이라는 말일까. 20년도 더 전에 어느 선생으로부터 이런 현명한 견해를 들었다. 순수/참여문학의 대립에 대해, "한쪽은 참여를 위한 출판이고, 다른 한쪽은 출판을 통한 참여"라고. 정확한 기억은 아니다. 그 발언은 당시 순수/참여문학 대립의 진실에 상당히 근접한 발언이지 않았을까. 참여 대신 실천을 대입해도, 출판 대신 문학을 대입해도 의미는 달라지지 않는다고 생각한다.

참여문학과 대립하는 순수문학과 상업문학과 대립하는 순수문학은 서로 다른 것일까. 한국 문학에 두 가지 순수문학이 있었던 걸까. 아니면 하나의 순수문학이 있는데, 1990년대 중반 이전에는 참여문학과 대립했고 그 이후에는 상업문학과 대립하고 있는 걸까. 공교롭게도 한국문학에서 순혈 작가의 의미를 묻는 앞서의 논문은 조사

과연 가능한 일인지 따지는 글을 읽은 기억은 어렴풋이 난다.

를 1994년부터 시작하고 있다.

다른 식으로 물어보자. 1990년대 중반 이전에 참여문학과 대립했던 순수문학의 진영과, 그 이후에 상업문학과 대립하고 있는 순수문학의 진영은 다른 사람들일까. 아니면 하나의 진영이, 같은 계열의 사람들이, 과거엔 참여 진영과 싸웠고 지금은 상업 진영과 싸우는 걸까. 요즘은 조금 더 구체화되어 순수/장르문학으로까지 대결 구도가 확장된 느낌이다.

도대체 순수문학은 정확히 무엇일까. 참여와 대립할 땐 비(반)참여가 되고, 상업과 대립할 땐 비(반)상업이 되는 걸까. 순수의 내용은 그렇게 어떤 진영 어떤 세력과 대립하면서, 자신의 대립물에 의해 역으로 규정되는 상대적인 개념은 혹시 아닐까.

순수성이 역사적으로, 그리고 현실적으로 자신의 대립물에 의해 역으로 규정되어온 것이었다면, 그렇다면 미래의 어느 시기에 아무것과도 대립하지 않게 되는 날이 온다면? 내가 순수의 정확한 의미, 순수의 실체가 궁금한 것은 이 때문이다. 대립물이 없으면 순수의 내용도 없어지는 것이 아닐까.

순수성을 구성하는 것은 순수 그 자체가 아니라, 당대에 순수가 반대편에 섰던 대립물이 아닐까. 순수란 그렇게 자신의 대립물이 드리운 그림자에 불과한 것일까. 실체가 없는, 대립물에 딸린 개념일까. 그렇다면 그것이 어떻게 '순수'일까. 그것에 어떻게 '순수'의 이름을 붙일 수 있을까.

대립물이 없어도 가능한 순수의 내용을 분명히 하는 일은, 자신이 순수문학을 한다고 주장하는 이들이 해야 할 몫이다. 언뜻 발터 벤야민이 「기술복제시대의 예술작품」에서 예술 작품이 가지는 특성을 '유일무이함'이라고 주장한 듯한 기억이 나서 찾아보니, 벤야민은 그런 말을 한 적이 없다. 벤야민은 그 논문에서 "아우라"에 대해 말하면서, 아우라가 원작에 "그것 자체이자 다른 어떤 것일 수 없는 정체성"[9]을 부여한다고 했다. 아우라가 곧 작품

9 발터 벤야민, 「기술복제시대의 예술작품」, 『기술복제시대의 예술작품』, 최성만 옮김, 도서출판 길, 2013, p. 54.

의 순수성을 의미하지는 않는다. 그리고 벤야민의 그 이야기는 순수문학만을 대상으로 한 발언도 아니었고, 심지어는 여기에서도 진품/기술적 복제품이라는 대립 관계가 전제로 주어진다. 원작의 "진품성"을 따지는 일은 복제품이 나타난 다음에야 유의미해진다.

나는 소설가이므로, 그러면 소설의 순수성이 무언지 생각해볼 수 있다. 소설만이 가지는 순수성을 추구하는 일은, 그것이 아니면 소설이 성립되지 않는 최소한의 단위를 추구하는 일이 아닐까. 그 최소 단위가 소설언어이다. 이 소설언어의 순수성, 소설언어의 순수한 가능성을 추구할 때, 소설은 자기 자신을 추구하게 된다. 그 추구의 과정에서 정치적 참여나 상업성의 추구와 같은 소설 외적 요소들과의 관련성이 사라진다. 구태여 참여나 상업 같은 대립물을 통해 자신을 설명할 필요도, 대립할 필요도 사라지며, 대립을 뜻하는 빗금 '/'도 사라진다. 그럴 때 순수문학은 언어적 자율성을 확보할 것이며, 스스로 자유로워질 것이고, 스스로를 구원할 것이다.

당연히 이런 추구는 실제 작품 활동 속에서, 창작 현

장에서 이뤄져야 하지 주장만 늘어놓는다고 이뤄지지는 않는다. 한국 소설의 현재에서 소설언어의 순수성을 추구하는 듯한 소설가들은 적지 않게 찾아볼 수 있다. 그들은 내가 보기에 '소수'가 아니다. 왜냐하면 등단 제도를 거친 작가들 중에 스스로를 '상업 소설가' 혹은 '장르 소설가'라고 자칭하는 사람이 오히려 극소수이기 때문이고, 소설가 중에 어느 정도 소설언어의 순수성을 추구하지 않는 사람이 드물기 때문이다. 한마디로 언어 실험 한 번 안 해본 소설가가 어디 있겠는가. 이 순수성의 추구는 정도의 차이라고 봐야 하지 않을까.

때문에 이런 비판도 가능해진다. "일례로 실험적인 소설을 쓴다고 이야기되는 몇몇 작가의 경우에도, 그 실험의 방식이나 문법은 우리가 아는 어떤 외국 소설의 모방인 경우가 허다하다."[10] 비평가 김영찬의 이 지적은 창조적 활력이 떨어진 최근의 한국 소설 전반에 대한 아픈 지적

10 황호덕·김영찬·소영현·김형중·강동호 좌담, 「표절 사태 이후의 한국 문학」, 『문학과사회』 2015년 가을호, p. 416.

으로 읽힌다. 소설언어의 형식적 실험은 좋은데, 그 결과물이 1970~80년대 서구나 일본에서 이미 씌어졌던 소설들과 큰 차이가 없다면, 그것은 새로움의 실험일까 구태의 반복일까. 과거의 실험을 반복하고 있다면 그것이 여전히 실험일 수 있을까.

이젠 기억도 희미하지만, 나 역시 한때 순수문학이며 실험적인 소설을 썼던 것도 같다. 거의 20년 전에 『문학과사회』에서 했던 대담에서 나 역시 비선형 서사 운운하지 않았나. 그때의 비선형 서사는 소설언어가 가지는 이야기적 특성이 얼마나 다른 가능성을 품을 수 있을까, 당시의 소설이나 영화나 드라마 같은 서사 장르들의 이야기 구조가 너무 직선적이라 식상하게 느껴지니 비선형의 가능성을 탐구해보자 등등의 뜻으로 물리학에서 가져온 용어였다.

나는 그때 비선형의 정의를 잘 몰랐고, 내가 당시 쓰던 소설이 얼마나 비선형적인지 스스로 판단 내릴 수 없었다. 결정적으로 페이지를 순차적으로 넘기며 읽는 소설책의 특성상, 비선형 서사가 정말 실현 가능한지 지금도 장담할 수가 없다.

아리스토텔레스의 『시학』을 보면 이미 기원전 4세기부터 문학의 이야기적 특성이 핵심적으로 다뤄지고 있음을 알게 된다. "(작가의) 임무는 [……] 개연성 또는 필연성의 법칙에 따라 가능한 일을 '이야기'하는 데 있다는 사실이다." 이야기뿐만 아니라 그 이야기의 짜임새를 일컫는 플롯의 중요성도 강조되고 있다. "플롯은 '스토리' 내에서 행하여진 것, 즉 사건의 결합을 의미한다. [……] 가장 중요한 것은 사건의 결합, 즉 플롯이다." "(플롯은) 시초와 중간과 결말을 가지고 있다."[11]

사건의 개연성 있는 결합, 이야기, 즉 가장 중요한 플롯을 빼버리면 소설은 어떻게 될까. 내가 보기에 그럴 때 소설언어는 시의 언어, 혹은 언어 일반이 되어버린다. 내 생각에, 이야기를 부정하는 일은 소설이 아닌 시를, 다른 무엇을 쓴다는 말이나 같다. 소설가에게 가능한 일은 소설언어의 이야기적 특성을 부정하는 일이 아니라, 그 이

11 아리스토텔레스, 『시학』, 천병희 옮김, 문예출판사, 1999, pp. 49~60.

야기적 특성의 여러 가능성들을 탐구하는 일이다. 그때 비선형 서사도 얼마간의 의미를 갖게 될 것이다.

만약 그렇지 않다고 생각한다면 소설의 언어와 시의 언어, 수필의 언어를 결정적으로 구분 짓게 하는 요소가 무엇인지를 답해야 한다.

한나 아렌트는 『전체주의의 기원』에서 이데올로기에 대해 이렇게 설명했다. "모든 것과 모든 사건을 단 하나의 전제로부터 추론하여 설명할 수 있는 '이즘'(은) 아주 최근의 현상으로 [……] 히틀러와 스탈린 이전에는 이데올로기의 거대한 정치적 잠재력이 발견되지 않았다. [……] 이데올로기는 [……] 역사 과정 전체의 신비를 모두 알고 있는 것처럼 가장한다. [……] 이데올로기의 '이념'은 플라톤이 말한, 정신의 눈으로 포착된 영원한 본질도 아니고 칸트가 설파한 이성의 조정 원칙도 아니다. 이데올로기의 이념은 설명의 도구가 되었다."[12]

12 한나 아렌트, 『전체주의의 기원 2』, 박미애 · 이진우 옮김, 한길사, 2006, pp. 267~69.

이데올로기는 틀린 문제로 사람들을 고민하게 한다. 그리고 파시즘과 나치즘을 생각할 때, 이데올로기의 해악은 그저 고민의 짐을 지우는 데 그치지 않는다. 이데올로기는 도저히 떼어버릴 수 없는 현실 문제들과 엮여 우리의 일상을 치고 들어온다. 이데올로기는 논파될 수 있지만, 이데올로기와 엮인 현실은 쉽게 정리되지 않는다. 나치즘은 엉터리지만, 그 나치즘과 엮인 히틀러의 제3제국이라는 현실은 유대인 6백만 명의 생명을 앗아갔다. 이데올로기는 지극히 비현실적이면서 동시에 현실에 지독히 영향을 미치는, 망상과 신념의 체계다.

나는 순수문학이 이데올로기화되어가고 있지 않은지, 어쩌면 벌써 되지 않았는지 하는 의문이 있다. 앞서 말했듯 문단 내에서 순수문학은 결코 소수가 아니기 때문이다. 대다수다. 그리고 문학 전반이 독자의 사랑을 잃고 있는 것이지, 상업문학 때문에 순수문학이 독자의 사랑을 잃고 있는 것도 아니다. 상업문학이 어떤 문학인지는, 순수문학이 어떤 문학인지만큼이나 모호하다.

내가 알기로 소설가들에겐 순수/참여, 순수/상업의 대립 이전에, 무엇이든 쓰고자 하는 의지가 먼저 존재한다. 창작은 기질이 우선하는 문제이지, 이데올로기가 우선하는 문제가 아니다. 기질과 이데올로기가 한 작가 안에서 상보적인 관계를 맺고 있을 때조차, 내가 보기에 기질이 우선한다.

소설가가 소설을 쓰면서 순수라는 이데올로기의 강령을 먼저 염두에 둔다면 웃기는 일이다. 만약 그렇다면 순수라는 붕어빵 문학이 등장했을 것이고, 어쩌면 이미 등장했을지도 모르고, 나아가 한국 문학의 전체주의로 연결될지도 모를 일이다.

나는 문학의 순수성, 소설의 순수성을 정말로 지키고 싶다면 상업주의와 결별할 것이 아니라 문단 내 연고주의나 정실주의와 결별하는 게 더 빠른 길이 아닐까 싶다. 패거리주의부터 끊어내라.

[2016]

잘린 시야
— 우리의 내면에 무슨 일이 벌어지고 있는가

허먼 멜빌의 짧은 소설 「필경사 바틀비」에는 흥미로운 캐릭터가 하나 나온다. 등장인물의 창조에 늘 신경을 써야 하는 직업을 가진 사람이면 부러워할 만한, 너무 독특해서 한번 읽으면 결코 잊지 못할 그런 캐릭터다.

제목에도 쓰인 바틀비라는 인물인데, 움직임이 매우 제한적이다.

허먼 멜빌은 바틀비를 사무실 칸막이 안의 자기 책상에서 거의 벗어나지 않는 인물로 그린다. 업무 시간에는 꼼짝 않고 책상에 앉아 서류를 옮겨 적는 일에 몰두하고, 점심은 사동을 시켜 사 온 생강과자로 때운다. 퇴근도 않는다. 휴일이건 평일이건 사무실에서 숙식을 해결한다.

바틀비는 그의 고용주인 변호사가 부를 때에야 겨우 자기 책상을 떠나 변호사 책상 앞까지 걸어가 선다. 자기 책상과 변호사의 책상 사이, 그 몇 미터 되지 않는 거리가 그의 행동 반경의 전부인 것이다. 바틀비는 독자에게 화장실 가는 모습조차 보여주지 않는다.

화자인 변호사가 묘사하는 사무실의 정경은 이렇다. "풍경화가들이 '생명'이라고 부르는 것이 결여되어 있어서 특히 단조롭다"[1]고 부를 만한 곳으로, 높다란 주변 건물들에 가려 볕도 잘 들지 않는 건물의 2층이다. 그중에서도 바틀비가 앉은 책상은 "빛만 약간 새어 들어올 뿐"(p. 25)인, 창문에서 맞은편 건물의 벽까지 채 1미터도 되지 않는 후미지고 어두침침한 곳이다. 창문을 열어도 보이는 건 추레한 벽뿐이다.

바틀비는 그런 칸막이 책상에서 쉬는 시간에도 자리를 떠나지 않고, 있는 건 벽뿐인 창문을 마주하고 우두커니 서 있다. 화자는 바틀비를 "칙칙한 벽을 보고 공상을 하며 서 있"(p. 49)는 인물로 묘사한다.

1 허먼 멜빌, 『필경사 바틀비』, 공진호 옮김, 문학동네, 2011, p. 11. 이하 이 책에서의 인용은 페이지만 밝혀 적는다.

독자가 「필경사 바틀비」에서 보게 되는 건 비극적으로 제한된 바틀비의 시야다. 막 메트로폴리스의 특성을 갖추기 시작한 19세기 뉴욕시의 중심부에서, 다른 건물들에 사방이 둘러싸인 좁은 사무실의 칸막이 쳐진 공간에서, 이렇듯 겹겹이 벽으로 둘러쳐진 공간에서 그에게 주어진 시야는

1) 맞은편 건물의 벽까지 겨우 1미터가 채 안 되거나,

2) 고용주인 변호사 책상까지의 몇 미터가 전부이다.

1)의 시야는 그가 휴식을 보내는 여가 시간에 그에게 주어지는 시야이고, 2)의 시야는 그가 생계를 유지하는 데 필요한 노동시간에 그에게 주어지는 시야이다.

그렇게 바틀비의 시야는 이런저런 것들에 의해, 최종적으로는 허먼 멜빌의 펜 끝에 의해서겠지만, 뭉텅 잘려나가 있다. 그는 그것이 자신의 운명이나 되는 것처럼 자기 시야의 절단면 바깥으로 단 한 발도 내디디려 하지 않는다. 그럴 시도도 않고 나갈 기회가 주어졌을 때에도 거

부하고 만다. 그의 잘린 시야는 그대로 그의 세계를 구성하고 제한한다.

바틀비는 자기에게 주어진 여가와 노동, 두 가지 시야 안에서 꼭 그 시야가 허용하는 범위만큼의 행동반경을 갖는다. 잘린 시야는 그의 판단력에도 고스란히 반영되어 그는 고용주의 지시에 대해 '하는 편'과 '안 하는 편', 두 가지 선택지의 좁은 사이만을 오간다.

「필경사 바틀비」를 대도시 삶에 대한 우화 정도로 읽는다면 바틀비를 소설 속에나 있는 비현실적인 인물이라 생각하기 쉽다. 두어 가지 특성만을 부풀려 인물을 형상화하는 멜빌의 캐리커처식 창작 방법 탓에 더 그러기 쉽다.

멜라니 클라인 같은 정신분석학자에 의하면 "멀리 내다본다는 것은 자기 성찰을 의미한다".[2] 바틀비가 칸막이 쳐진 자기 자리에 우두커니 서서 창문 밖을 내다보는 그 행위 말이다. 하지만 그에게는 성찰의 제스처만 가능

2 멜라니 클라인, 『아동정신분석』, 이만우 옮김, 새물결, 2011, p. 446.

할 뿐, 진짜 성찰을 가능하게 하는 시야는 맞은편 건물의 벽에 의해 1미터 앞에서 잘려 있다.

자기 성찰은 자신의 내면에서 무슨 일이 벌어지고 있는지 바라볼 수 있게 해준다. 바틀비는 환경에 의해 성찰이 금지당한 자이면서, 떠날 기회를 거부함으로써 스스로 성찰을 금지한 자이기도 하다.

성찰을 통해 지금 자기 내면의 작은 소용돌이를 발견한다면 그 사람은 운이 좋은 것이다. 그 작은 소용돌이가 언젠가 핏빛의 뒤집힌 아가리가 되어 존재 전체를 삼켜버릴 수도 있기 때문이다. 지난번 『문학과사회』(2013년 겨울호) 좌담에서 나는 '내면의 극단화, 극단화된 내면'에 대해 말했다. 성찰을 게을리하지 않는다면, 아니 스스로 금지하지만 않는다면, 우리는 우리의 내면이 극단화되어 스스로를 삼켜버릴 지경에 이르기 전에 발견할 수 있을 것이다. 위험 신호를 발견해 무엇이라도 조치를 취하게 될 것이다.

10년 전만 해도 '내면'이라고 하면 어쩐지 현실의 문제를 회피하기 위한 순수의 성역 같은 뉘앙스로 들렸다.

솔직히 그랬다. 하지만 내가 보기에 지금은, 한국 사회의 어떤 곳보다도 사회 구성원 개개인의 내면이 가장 격렬하다. 비명과 곡소리와 울부짖음과 으르렁거림과 칼날이 살갗을 찢는 소리와 목을 매고 창문에서 뛰어내리는 소리 들로 가득하다. 이는 단순하게 사회의 모순들을 해소한다고 해서 절로 해결될 문제가 아니다. 세상은 그렇게 단선적으로, 일방으로 흘러가지 않는다.

지난 2000년대에, 한국 사회의 구성원인 우리의 내면에서 무슨 일인가 벌어졌다. 그리고 지금도 여전히 벌어지고 있다. 무슨 일인지는 말하기 어렵다. 부정적이되 얼마나 부정적인지도 말하기 어렵다. 완결되지 않은, 현재 진행형인 탓이다. 모르겠다. 나이를 먹을수록 느는 것은 뱃살과 모르겠다는 말뿐이다. 모르겠지만 나는 이에 대해 계속 쓸 것이다. '멀리 내다보면서 들여다보는 행위' 즉, 성찰을 멈추지 않을 것이다.

[2013]

앙코르와트와 킬링필드

올봄에 코로나19로 국경이 봉쇄되기 얼마 전 캄보디아에 다녀왔다. 나는 운이 좋았다. 올봄을 놓쳤다면 아마 2~3년쯤 계획을 늦춰야 했을 것이다. 캄보디아는 운이 없었다. 환전 없이 미국 달러를 그대로 쓰게 할 만큼 관광 수입이 아쉬운 가난한 나라에 팬데믹이 덮친 것이다. 앙코르와트 사원을 돌면서 세계적인 관광지면 어디서나 들려오던 중국어가 하나도 들려오지 않아 묘한 적막감까지 느껴졌다.

캄보디아에 대해서는 늘, 두 가지 어울리기 어려운 호기심이 있었다. 하나는 순전히 이국적인 유적에 대한 호기심으로, 천 년 세월을 밀림 속에서 잊혔다가 근래에 발견되었다고 해서 더 미스터리 같았던 앙코르와트였다. 다른 하나는 영화 「킬링필드」(1984)에서 봤던, 살이 다

녹아내린 해골들이 가득한 잿빛 늪을 한 사내가 허겁지겁 건너는 장면에 대한 궁금증이었다. 이 영화는 고등학교 때인가 학교에서 단체 관람을 했었다. 사람을 처형해 무참히 늪에 던져놓았고, 그런 해골의 수가 수백에 달했던 광경은 적잖이 충격이었다.

신비로운 고대의 유적과 겨우 반세기 전에 일어난 반인류 범죄의 현장을, 캄보디아라는 하나의 기대 속에서 매치시키기는 어렵다. 그래서 나는 어느 때에는 앙코르와트를 보러 캄보디아에 가자는 생각을 했고, 또 어느 때에는 킬링필드를 보러 캄보디아에 가자는 생각을 하곤 했다. 이 따로 노는 기대는, 앙코르와트와 킬링필드가 서로 다른 감상 태도를 관광객에게 갖게 하는 데에서 비롯된다.

앙코르와트는 캄보디아 북쪽의 밀림에서 융성하다 갑자기 사라진 앙코르 문명을 대표하는 사원이고, 외국에서 온 관광객에게 그저 사심 없이 보고 즐기며 놀라워할 것만을 요구한다. 이 불가사의한 문명을 놓고 외국인 관광객이 특별히 고민할 만한 것은 없다. 하지만 킬링필드는 그럴 수 없다. 그러기엔 킬링필드는 겨우 1970년대에 있었던 일이고, 그 앞에서 관광객은 같은 인류로서 가져야 할 보편적인 윤리에 대해 곰곰 생각에 잠기지 않을 수 없다. 누군가 구태여 킬링필드를 찾았다면, 어째서 150만 명에 달하는 캄보디아 시민이 단 3년 9개월의 짧은 기간에 목숨을 잃어야 했는지 이미 사유하기 시작했음을 뜻한다.

나는 시엠레아프의 호텔에 짐을 풀고 나서야 현실의 캄보디아가, 사진이나 영화를 보며 상상했던 캄보디아와 큰 차이가 있음을 깨달았다. 아니, 애초에 상상의 기초로 삼을 정보가 빈곤했으니 달랐다기보다는 미처 상상할 수 없었다고 해야 맞다.

나는 시엠레아프 시내가 아닌 앙코르와트 유적에 가까운 동네에 있는 호텔을 잡았다. 저개발 국가의 도심 외곽이 어떤지 몰랐던 탓이다. 호텔은 야외 풀장에, 근사한 캄보디아 음식이 나오는 식당에, 객실의 냉방 시설은 훌륭했지만, 한 발짝만 나서면 벌건 흙먼지가 날리고 우연

시엠레아프 호텔 앞 도로 풍경.

히 씨앗이 날아들어 자라게 된 듯한 열대 식물들이 왕성한 서민 주택가가 있었다. 호텔 같은 번듯한 주택들도 있지만 주로 나무판자와 벽돌, 양철판과 천막으로 엮은 서민들의 집이 낮은 지붕을 기울이고 있었다.

그 낙후된 동네를 허름한 옷차림의 아이들과 주인이 있는지 없는지 모를 개들이 뛰어다니고 있었다. 시엠레아프 변두리의 개들은 대개 덩치가 크고 사나워 야생 개 같다. 동네 전체가 야생과 인간이 밀림을 반씩 나눠 쓰고 있는 듯한 인상을 풍겼다.

앙코르 유적을 다 보려면 5일은 돌아다녀야 한다는 이야기도 시엠레아프에 오고서야 실감했다. 우리에게 잘 알려진 앙코르와트는 앙코르 유적의 작은 일부일 뿐이다. 앙코르 왕국은 시엠레아프 동서남북 전역에 걸쳐 유적들을 남겼고, 남쪽의 앙코르와트에서 북쪽 산속의 끄발 스피언까지 '툭툭'이라고 하는 오토바이 택시를 타고 반나절은 쉼 없이 달려야 할 만큼 광범위한 지역에 퍼져 있다.

나는 매일 아침 호텔을 나와 툭툭을 대절해 해 질 무렵까지 3일을 앙코르 유적을 돌았지만, 가이드북에 소개된 유적의 반도 볼 수 없었다. 앙코르 왕국은 시엠레아프의 밀림 속에서 9세기부터 15세기까지 지속됐고, 앙코르 유적은 그 6백 년의 시간을 담고 있다. 유적 하나하나도 둘러보는 데 적지 않은 시간이 든다. 앙코르와트만 하더라도, 거대한 석조 사원 위에 그보다 작은 사원을 올리고 그 위에 그보다 더 작은 사원을 올리는 식으로 3층까지 쌓아 올렸고, 찬찬히 둘러보는 데 한나절은 걸린다. 나는 이곳

앙코르와트의 사원.

이 너무 좋아, 매일 아침 들러 구석구석까지 걷곤 했다.

앙코르 유적은 저마다 특색이 있어 앙코르와트가 최고라고 말하기가 어렵다. 미술관에 전시된 예술 작품을 보는 것 같을 정도로 정교한 조각 솜씨가 돋보이는 반띠아이 쓰레이는 예술적인 가치만을 본다면 월등하다. 붉은 사암을 마치 나무를 깎듯이 세밀하게 깎아 온갖 조각 장식을 새긴 것을 보면, 이 세상에 있을 수 없는 존재를 마주하고 있는 느낌이 든다. 오죽하면 프랑스 문화부 장

반티아이 스레이의 정교한 사암 조각상.

관을 지낸 소설가 앙드레 말로가 이곳의 조각상을 훔쳐 프랑스로 밀반출하려다 발각되었을까.

바푸온은 평지에 세워진 앙코르 유적 가운데 전망이 가장 높은 곳이다. 보기만 해도 아찔한 이 사원은 높이가 40미터라고 하는데, 올라가는 층계가 가팔라 겁부터 난다. 바푸온에 오르기 전까지 나는 어떻게 이 거석 유적들이 19세기가 되도록 사람들의 눈에 띄지 않을 수 있었는지 알 수가 없었다. 내가 울창한 밀림이 없는 온대 지역에

바이욘의 사면상.

서만 살아온 탓이었다. 40미터나 되는 사원 꼭대기에서 바라보는데도 빌딩처럼 키 큰 열대 나무들이 코앞에서 시야를 잘라먹어, 수풀이 아닌 인공물은 하나도 보이지 않았다. 관광지로 개발된 지금이 그 정도다.

바이욘은 앙코르와트 다음으로 널리 알려진 유적이다. 사암을 잘라 쌓은 탑에 사람의 얼굴을 새긴 '사면상'으로 유명하다. '사면상'은 탑 하나에 동서남북으로 인간의 얼굴이 있어 붙여진 이름이다. 이 탑들은 돌과 돌 사이가 종이 한 장 들어갈 틈이 없이 정교하게 맞물려 있다. 사암은 다른 돌보다 부드러워 돌 두 장을 포개놓고 마구 문지르면 딱 붙는다고 한다. 사암은 시엠레아프 어디서나 볼 수 있다. 호텔 앞 도로의 벌건 모래들도 이런 사암에서 나온 것이다. 바이욘의 사면상은 보면 볼수록 신화 속 거인족의 유골을 마주한 것같이 기괴하고 신비로워 마음을 흔들어놓는다. 이곳도 두 번이나 찾아가 몇 시간씩 머물다 나왔었다.

따 프롬은 영화 「툼 레이더 1」(2001)에 거대한 나무뿌리들이 휘감고 있는 고대의 사원으로 등장해 유명세를 탄 곳이다. 영화에서도 엄청났는데, 실제로 보니 입이 다물어지지 않았다. 앙코르 왕국이 몰락한 후 관리하는 사람이 없는 수백 년 동안, 나무 씨앗이 날아와 사원의 돌 틈에 뿌리를 내려 그런 장관을 만들어낸 것이다. '스펑spong'이라는 이 나무는 은색의 뿌리 갈래 하나가 기둥처럼 굵고, 길이도 사원의 지붕에서 바닥까지 덮을 만치 길었다. 이 나무들은 지금도 여전히 자라고 있어서 사원을 무너뜨릴 정도라 현재 성장억제제를 주사하고 있다고 한

따 프롬의 스펑 나무.

다. 수상 사원 니악 뽀안을 둘러싼 호수는 꼭 망자들의 세계로 들어온 듯한 광경을 보여준다. 잔잔한 호수 위로 죽은 듯한 검은 나무줄기들이 비죽비죽 솟아 있는 광경은 지금도 잊히지 않는다.

앙코르 유적을 보고 나는 프놈펜으로 내려와 킬링필드를 봤다. 앙코르 유적의 비현실적인 광경에 취해 있다가, 150만 명이나 죽임을 당한 현실적인 킬링필드 현장을 보

킬링필드 박물관의 시신이 버려졌던 늪.

니 정신이 번쩍 들었다. 킬링필드는 폴 포트의 크메르루주 정권이 무고한 시민들을 학살해 유기한 장소를 말한다. 캄보디아 전역에 수백 곳이 흩어져 있고 시엠레아프에도 한 곳이 있었다. 프놈펜 시내에도 있는데 무고한 시민들을 고문했던 S-21 뚜얼슬렝 수용소와 한 코스로 묶어 하루에 돌아볼 수 있다. 호텔 앞에 항상 대기 중인 툭툭 기사에게 투어를 부탁하면 된다.

캄보디아 인구의 5명 중 1명이 희생된 반인류 범죄임

에도 이 대학살을 다룬 연구는 양이 많지 않다. 아시아가 세계 역사의 변방이고 캄보디아는 거기서도 더 변방이어서 그럴 것이다. 에릭 홉스봄의 20세기 세계 역사를 다룬 책에서도 캄보디아의 비극은 '제3세계'로 묶여 몇 줄 언급만 하고 지나간다. 필립 쇼트의 『폴 포트 평전』은 그래서 캄보디아의 현대사가 궁금한 이들에게는 단비 같은 책이다. 비극의 과정을 끈덕지게 추적한 이 놀라운 책의 「맺음말」에서 작가 필립 쇼트는 이렇게 말한다. "세계에서 가장 크고 화려한 사원 가운데 하나인 앙코르 유적지는 캄보디아인의 저력뿐만 아니라, 쇠미해진 역사를 무참히도 선명히 보여"[1]준다.

앙코르와트와 킬링필드는 여러모로 극단에 놓인다. 하나는 인류가 이룰 수 있는 찬란한 문명의 극치이고, 하나는 인류가 저지를 수 있는 반인류 범죄의 극치이다. 하나는 기원을 낱낱이 알 수 없는 수수께끼의 고대이고, 하나는 희생자의 유골과 핏자국이 여전히 남아 있는 노골

1 필립 쇼트, 『폴 포트 평전』, 이혜선 옮김, 실천문학사, 2008, p. 837.

적인 현재이다. 하나는 사심 없이 소요하듯 둘러볼 수 있는 순전한 미적 감상의 대상이고, 하나는 모든 인류가 지향해야 할 보편적 윤리를 끊임없이 사유하게 하는 반성의 대상이다.

프놈펜의 킬링필드 박물관과 뚜얼슬렝 박물관의 입구에서는 한국어 지원이 되는 오디오 가이드를 나눠준다. 우리나라에서 제작비 지원을 해주었고, 정확한 우리말 문장으로 녹음된 걸 보니 원고도 한국인이 작성한 듯하다. 오디오 가이드는 캄보디아의 현대사와 대학살이 이뤄졌던 현장에 대해 꼼꼼하게 설명해준다. 나는 이 가이드 덕에, 내가 그동안 서구 문명에 미혹되어 잊고 지냈던 아시아의 현대사에 대해 다시 관심을 갖게 되었다.

인도차이나 반도에서 일어났던 대참사들에 대해서는, 20세기 후반의 냉전에 책임이 있는 나라라면 어느 정도 책임을 면할 수 없다. 우리 한국 역시 냉전 시기, 국제정치의 역학에 한 발을 담그고 있었고, 미국의 편에서 베트남 전쟁에 참전을 했다. 미국은 베트남 전쟁을 유리하게 이끌기 위해 캄보디아를 이용했다. "베트남 전쟁 중에 미국이 인도차이나반도에 떨어뜨린 폭탄은 제2차 세계대전 당시 모든 참전국이 사용한 폭탄의 세 배였다. 그 중 캄보디아에 떨어뜨린 폭탄은 미국이 일본에 떨어뜨린 폭탄의 세 배였다."[2] 인도차이나 반도의 나라들은 여전히 냉전의 상흔 속에서 살아가고 있다.

[2020]

2 같은 책, p. 421.

공포의 만화방

내가 살던 서울 서대문구 홍제4동의 재래시장을 막 벗어나면 길목 어귀에 만화방이 있었다. 겨울이면 발갛게 달아오르는 연탄난로를 지피던 곳인데, 형광등이 한둘밖엔 달려 있지 않아 늘 어둠침침했다. 나무틀과 유리로 엮어 짠 미닫이문이 드르륵 열리면 냉기가 밀려들면서 눈 덮인 길목 풍경이 언뜻 눈 시리게 번뜩였다.

그때는 참 눈도 많이 왔다. 나는 만화방에서 소설을 더 많이 읽었다. 존 카펜터 감독의 「더 싱the thing」(1982, 한국에는 "괴물"이라는 제목으로 소개되었다)의 원작 소설인지도 모르면서, 존 W. 캠벨의 소설을 읽기도 했다. 눈보라 치는 남극 기지에 연구원들이 외계인을 발견해 기지로 가져온다. 그리고 이야기는 우리가 익히 아는 신체 강탈자 서사대로 흘러간다. 외계인은 인간의 육체를 감염시키고, 숙주로 삼고, 몸과 정신을 먹어 치운다. 외계의 존재가 인간의 영혼을 지배한다. 아직도 기억나는 것은 연구원들이 외계인에게 감염되었다며 서로를 의심할 때 드러나는, 인간의 어둡고 착란에 사로잡힌 심리들이다.

살이 떨어져나갈 것 같은 남극의 추위, 눈뿐인 세상 풍경. 난로가 있는 만화방의 문을 열고 나서면 바로 그런 세상이 펼쳐져 있을 것만 같았다. 그때 내가 뭘 읽었는지는 확실한 기억이 아니다. 확실한 것은 남극기지 사람들의 그 광란에 빠진 심리에 대한 내 공포뿐이다.

제대로 된 번역본을 읽기나 했는지도 의심스럽다. 아마 추측하건대, 그 문고판 소설은 나 같은 어린아이도 읽을 수 있게끔 축약되고 쉽게 고쳐 쓴 요약본이 아니었을까. 1980년대에는 원작자도 분명치 않고 번역도 제대로 되지 않은 소설이며 만화가 많았다. 무협지의 작가는 대개 소설 속 협객풍의 필명이었고, 만화는 대개 일본만화를 베낀 것들이었다. 존 캠벨의 소설도 그렇고 그때 내가 읽은 다른 SF나 공포소설도 마찬가지였다.

그렇다고 그런 책들을 읽으며 느끼는 재미가 반감되

는 것은 아니다. 원작을 읽기 쉽게 고치면서 작품성의 훼손은 일어나겠지만, 이를테면 『투명인간』(1897)의 결말부에서 느껴지는 그 끔찍한 공포까지 훼손되는 것은 아니다. 허버트 조지 웰스의 『투명인간』도 작가도 모른 채 문고판으로 읽은 소설이다. 아마도 마지막 장면에서 투명인간은, 그를 잡으려는 사냥꾼들이 거리와 지붕에 뿌려놓은 유리 조각을 맨발로 밟으며 도망갔다. 투명인간이 그러다 어떻게 됐는지는 모르겠다. 하지만 유리 조각에 맨살이 베이고 찢길 때의 마치 내 것 같은 고통과 끔찍함, 뚝뚝 떨어지는 피를 눈앞에서 보는 것과 같은 공포와 혐오감은 지금도 선명하다.

다른 책도 있었다. 『벽으로 드나드는 남자』(1941)도 마르셀 에메라는 멀쩡한 원작자가 있는 줄도 모르고 읽었던 소설이다. 한 남자가 어쩌다 보니 벽을 드나들 수 있는 기이한 능력을 갖게 된다. 기억나는 건 벽을 통과하다가 한순간 벽 속에 갇히게 되는 마지막 장면이다. 벽을 드나드는 남자는 탐욕을 부렸을 수도 있고 교만했을 수도 있다. 탐욕과 교만은 서양 문화에서 흔히 등장하는 인간의 죄악이다. 그렇다면 그는 벌을 받은 걸까. 하지만 어린 나는 권선징악의 교훈 따위는 아무래도 상관없었다. 내 머리에 가시처럼 지금도 박혀 있는 것은, 벽에 갇히고 벽 속으로 사라져가는 그 순간에 주인공이 느꼈을 공포, 산 채로 벽 속에 묻히는 공포다. 사방에서 벽이 조여오는 느낌, 심장을 압박하는 시멘트의 물성, 죽음보다 더 두렵게 결박해오는 갑갑함, 손가락 하나 꼼짝할 수 없는 부자유.

『벽으로 드나드는 남자』는 나이 들고 소설가가 되어 한 번 더 읽었다. 만화방에서 읽었을 때는 그토록 무서운 공포소설이었는데, 성인이 되어 예전의 그 공포의 맛을 다시 느껴볼까 하는 마음으로 들춰보니 글쎄, 그게 공포소설은 아니었다. 공포라기보다는 인간의 어리석음을 비판하는 풍자소설에 더 가까웠다.

홍제4동 만화방은 어렸을 때를 돌이키면 꼭 떠오르는 공간이다. 늘 어둠침침했지만 기분 나쁜 어둠침침함이 아닌, 약간 슬픈 기운에 축축하고 속이 들여다보이는 투명한 어둠침침이다. 그리고 늘 한겨울이고, 늘 가운데는 연탄난로가 있다. 누군가 미닫이문을 열면 잠깐 열렸다 닫히는 문틈으로 눈 쌓인 골목 풍경이 비친다.

어째서 그 만화방이 내 기억 속에서 사라지지 않고, 늘 같은 계절 속에서 늘 같은 모습으로 나타나는지 알 수가 없다. 이는 병적인 어떤 기억, 붙들림, 고착은 아니다. 좀 이상하긴 하지만 나름 추억이라고 할 만한 기억이다.

그때 읽은 책 중에는 제목이나 줄거리가 기억나지 않아 지금 말할 수 없는 작품들도 많다. 얼어붙은 숨결을 내뿜는 여성 유령이 나오는 소설도 읽은 듯하고 늑대인간이 등장하는 소설도 읽은 듯하다. 펜으로 세밀하게 표현된 삽화가 포함된 그 문고판 소설들은, 깔끄러운 촉감이 나는 비닐로 표지가 싸여 있었다. 삽화가 많이 실려 있지도 않았다. 하지만 상당히 정교한 실력으로 그려진 그 삽화들이 20페이지나 30페이지에 한 장씩 나올 때마다 감탄이 섞인 눈길로 오래 들여다보곤 했다. 때로는 소설 내용보다 삽화가 더 무서웠다.

얼마 전에 장편소설 『공포의 세기』(문학과지성사,

2016)를 펴냈다. 제목에 '공포'가 들어가고 충분히 독자의 공포심을 자극할 수 있는 내용이니 공포소설이라고 부를 수도 있다. 물론 장르의 규칙을 따르고 있지 않으니 장르소설로서의 공포소설은 아니다. 공포가 주된 정서인 소설이라고 해두자.

나는 어떻게 공포가 주된 정서인 소설을 쓰게 됐을까. 앞서 만화방에서의 독서 체험을 얘기했으니, 어렸을 때 그런 소설들만 들입다 읽어서 건너편 정서의 글은 쓸 수 없게 되어버린 건 아닐까. 달콤 쌉쌀한 사랑 이야기나, 가슴 먹먹한 애잔한 이야기나, 위로와 위안이 되는 잔잔한 일상의 이야기는 쓸 줄 모르는 게 된 건 아닐까.

물론 그렇지 않다. 어렸을 때의 독서 체험이 소설가에게 영향을 끼칠 수는 있지만, 한 소설가의 작품 세계는 독서 체험만으로는 이뤄지지 않는다. 그리고 내 인생에서 정말로 공포를 느꼈던 순간은 책하고는 무관하다.

내가 만화방 이야기를 꺼낸 것은 어렸을 때부터 내가 인간의 마음속 일에 관심이 있었다는 이야기를 하고 싶었기 때문이다. 지금 생각해보니, 만화방에서 읽었던 소설들에서 내가 정말로 보았던 것은 외계인한테 뜯어 먹힌 인간의 사체나, 투명인간의 존재를 드러내는 지붕 위의 핏빛 발자국이나, 벽 속에 매장되어 고통스럽게 일그러진 기이한 남자의 얼굴이 아니었다. 그런 자극들은 공포라기보다는 잔혹함이나 그로테스크함이라고 불러야 한다.

내가 만화방에서 보고 매혹되었던 것은, 아침에 함께 밥을 먹었던 동료 연구원이 외계인은 아닐까 진심으로 의심해야만 하는 소설 속 인물의 광란에 빠진 마음속이었다. 고통에 찬 번민 끝에 유리 조각이 가득 깔린 지붕 위를 맨발로 뛰어 달아나야 했던 투명인간의 참혹한 마음속이었다. 여느 때 같으면 바람처럼 드나들던 벽 속에 문득 손발이 묶여버린 순간 그 사내의 마음속에 요동쳤을 당혹감이었다.

공포란 단순히 눈에 보이는 피 튀기는 장면만은 아니다. 공포는 눈에 보이지 않는다. 지금 읽고 있는 스베틀라나 알렉시예비치의 『전쟁은 여자의 얼굴을 하지 않았다』(1985)에는 전쟁에 나가 처음 사람을 쏘게 된 저격수의 진술이 나온다. “손이 덜덜 떨리고, 온몸에 전율이 흐르면서 오한이 나기 시작했어. 무섭고……" 이 저격수의 공포는 마음속에서 일기 시작해, 피부로 체온으로 온몸으로 퍼져나간다.

공포는 심리의 영역에 속하므로, 마음 바깥에 있지 않다. 시각이나 청각 같은 외부 자극으로 촉발될 수는 있어도 외부의 것이 아니다. 외부 자극으로 일어나지 않는 공포도 흔하다.

내가 만화방에 들락거릴 때부터 관심을 가지기 시작한 것은, 그리고 지금 『공포의 세기』를 써내면서 항상 관심을 가졌던 것은 공포만이 아니었다. 인간의 심리 작용 전반, 인간의 정신 작용 전반에 대한 호기심이었다. 그리고 그것들이 어떻게 세상의 흐름과 부딪혀 갈등하고 영향을 주고받고, 때로는 폭발하는가에 대한 이야기였다. 공포는 그저, 그러한 인간의 복잡성을 이해하고 표현하기 위한 여러 경로 중 하나다.

인간은 복잡한 동물이다. 우리가 흔히 열등감이라고 해석하는 '콤플렉스complex'는 애초에 프로이트가 인간의 심리가 얼마나 복잡하고 복합적인가 하는 점을 설명하기 위해 썼던 말이었다. 인간의 어떤 말, 어떤 행동은 한두 가지 단순한 원인에 의해 밖으로 드러나지 않는다. 인간의 말이나 행동은 콤플렉스라는 말을 써야 설명이 가능해질 만큼 여러 가지 원인과 동기를 갖는다. 공포도 마찬가지다. 공포는 단순히 '무섭다'에서부터 시작해서 인간의 마음과 행동, 그리고 인류가 쌓아 올린 문명의 곳곳에서 모습을 드러낸다. 나는 공포를 통해 인간의 복잡성을, 세상의 복합성을 표현하는 것이 가능하다고 믿는다.

[2016]

진실과 맞닥뜨리면 내가 찾아가겠네

오래된 슈타인펠트 수도원의 안뜰 어딘가에 보물이 묻혀 있다. 보물의 단서는 수도원 예배당을 장식한 아름다운 채색 유리창. 유리창에는 성경에 등장하는 인물 셋이 그려져 있다. 「욥기」의 주인공인 대족장 욥, 「요한계시록」을 쓴 사도 요한, 「스가랴」의 예언자 스가랴다. 세 인물은 그리스도교에서 신의 말을 맡아 지키는 담지자의 역할을 했다. 신의 말은 항아리나 금고에 담아서는 지킬 수 없다. 말은 글로써 두루마리에 받아 적혔고, 그들이 두 손으로 공손히 감싸 지키는 것은 성경 구절이 적힌 두루마리다.

하지만 어떻게 된 일인지 채색 유리창에 적힌 구절은 원래의 구절과 다르다. 욥의 손에 들린 두루마리에는 금을 제련하는 장소라는 구절 대신 "금이 숨겨진 장소"라는 구절이 씌어져 있고, 요한의 책에는 서로 다른 두 구절을 하나로 섞어 "옷자락에 누구도 모르는 글귀가 숨겨져 있다"라고 씌어졌다. 스가랴가 든 책에만 원래의 구절이 그대로 적혔다. "돌 하나에 일곱 개의 눈이 달려 있다"(p. 151).[1]

몬터규 로즈 제임스의 단편 「토마스 수도원장의 보물」은 이처럼 16세기 초에 제작된 채색 유리창에 얽힌 비밀로부터 시작한다. 이어지는 내용은 채색 유리창의 수수께끼를 푸는 과정이다. 수수께끼는 이중 삼중으로 잠겨 있다. 세 인물의 옷자락을 그린 안료를 긁어내자 그 아래에서 수백 년간 감춰져 있던, 라틴어로 된 암호가 드러난다. 보물에 접근하려면 암호를 풀어야 한다. 고고학자인 서머튼이 그 일을 한다. 그의 고고학적 지식이 암호의 해독을 가능하게 한다.

하지만 서머튼이 수도원의 버려진 우물 아래 깊숙한 곳에서 맞닥뜨린 것은 뭔지 모를 초자연적인 존재다. "끔찍한 곰팡이 냄새가" 나고 "차가운 얼굴"을 불쑥 들이밀

1 몬터규 로즈 제임스, 『몬터규 로즈 제임스』, 조호근 옮김, 현대문학, 2014. 이하 이 책에서의 인용은 페이지만 밝혀 적는다.

며 “수를 알 수 없을 정도로 많은 다리인지, 팔인지, 촉수인지”(p. 171)가 달린 몸뚱이를 지녔다. 고고학자의 엄밀한 지성으로도 정체를 파악할 수 없다. 그 존재는 “너무 비정상적이고 괴이해서 평정심을 유지할 수가 없”(p. 172)다. 그런 존재가 나타나자 이번엔 고고학자의 지성이 족쇄가 된다. 고고학자는 그 지성 때문에 괴물의 존재를 부인할 수 없게 된다.

정체를 확증할 수도, 그렇다고 존재를 부정할 수도 없는 이율배반적인 상황에서 고고학자는 이렇게 말할 수밖에 없다. “나는 지금 오직 진실만을 말하는 것일세. 지금의 나는 인간이 제정신을 잃지 않고 겪을 수 있는 최대한의 공포와 혐오감을 알고 있다고 생각하네. 자네에게 말해줄 수 있는 것은 그 경험의 윤곽 정도지만 말일세”(p. 171).

고고학자 서머튼 경이 말하는 진실은 자신이 맞닥뜨린 초자연적인 존재에 대한 진실이 아니라, 그 존재와 마주한 순간 자신을 엄습한 공포와 혐오감에 대한 진실이다. 그 존재의 진실은 말로 설명할 수 없다.

작품에서 암호로 쓰인 사도 요한의 「요한계시록」으로 돌아가 보자. 19장의 12절과 16절은 세상을 심판하기 위해 하늘에서 내려온 어떤 존재 '그'에 대한 이야기다. 12절에 따르면 '그'가 쓰고 있는 면류관 하나에는 이름이 씌어져 있는데, 그 이름이 무언지는 "자기밖에 아는 자가 없"다. 16절을 따르면 '그'의 옷과 다리에도 이름이 적혔는데, 그 이름은 "만왕의 왕이오, 만주의 주"이다.

만왕의 왕, 만주의 주는 신을 가리킨다. 지시 대상은 신이 분명하지만, 그 이름을 읽을 줄 아는 자는 '그' 하나뿐이다. 세상의 다른 자는 "아는 자가 없"으므로 신의 이름을 소리 내 읽을 수도, 부를 수도 없다. 그렇다고 존재를 부정할 수는 없다. 신은 이름을 읽을 수 없고 부를 수 없지만, "만왕의 왕이오, 만주의 주"로 세상에 군림한다. 이는 고고학자가 공포에 질려 언급한 초자연적인 존재의 '진실'과 같다. 맹세컨대 진실을 말하지만, 인간의 언어로는 겨우 그 존재의 윤곽, 언저리만 설명할 수 있을 뿐이다.

같은 19장의 13절에는 '그'에 대한 설명이 나온다.

'그'는 "피 뿌린 옷을 입었는데 그 이름은 하나님의 말씀이라 칭하더라".

'그'는 세상을 심판하러 온 "하나님의 말씀"이다. '그'는 신을 대신해 세상을 심판하러 온 존재이자 "하나님의 말씀" 그 자체다. 욥, 요한, 스가랴 역시 신의 말을 전하기 위해 세상에 나온 자들이다. 하지만 불길하게도, 그들이 전하는 암호는 성경에 기록된 신의 말과는 다르다. 채색 유리창에 씌어진 말은 탐욕스러운 누군가가 보물을 숨기려고 일부러 오용한 신의 말이다. 단어를 바꾸고 문장을 뒤섞고 불경한 의도를 감추어놓았다.

그러한 훼손되고 타락한 "하나님의 말씀"을 따라가다 고고학자가 만나는 것은 "비정상적이고 괴이한" 초자연적 존재인 괴물이다. 그 존재는 이성적으로 정체를 파악할 수 없는 존재이자, 이름 붙일 수 없는 존재이다. 「요한계시록」의 '그'와 「토마스 수도원장의 보물」의 괴물은 이렇게 의미가 이어진다. 둘 다 "말씀"을 따라가다 만나게 되는 존재다. 하지만 「토마스 수도원장의 보물」에선 신의 말이 훼손되고 타락한 방식으로 오용된다. 그러므로, 주인공을 공포와 혐오감에 떨게 하는 초자연적 존재를 낳은 것은 훼손되고 타락한 "하나님의 말씀"이다.

M. R. 제임스의 소설에서 말은 중요한 역할을 한다. 「토마스 수도원장의 보물」 역시 성경 구절, 신의 말로 시작한다. 서머튼이 전하는 말할 수 없는 진실이란 신의 "그 이름"이다.

그리스도교 전통에서는 신의 이름을 남용하거나 오용하는 일은 금기였다. 이스라엘 민족의 십계명은 아예 세 번째 계명으로 "너는 너의 하나님 여호와의 이름을 망령되이 일컫지 말라"(「출애굽기」 20장 7절)고 못 박고 있다. 이스라엘 초기 신앙에서 신의 이름은 신성한 역할을 했다. 신의 이름으로 "예언도 하고 [……] 축복도 하고 [……] 찬양도 하며 [……] 저주도" 했다. "야훼(하나님)의 이름이 야훼 자신의 존재 자체와 일치되는" 것으로 받아들여졌고 "이름이 곧 실재였다."[2] 따라서 신의 이름을

2 김이곤, 『출애굽기의 신학』, 한국신학연구소, 1992, p. 217.

부르는 일은 금기를 어기는 일이었고 저주받을 일이 될 수도 있었다.

신의 이름을 부르는 일이 금기인 것처럼, M. R. 제임스의 소설에 등장하는 괴물의 정체 역시 이름을 부를 수 없다. 그들의 존재는 성경 같은 신의 말을 따라가다 보면 맞닥뜨리게 되는 진실이다. 다른 단편 「13호실」에서는 읽을 수 없는 언어로 씌어진 송아지 피지 문서가 등장하고, 「미도트의 서」에서는 책을 읽지 못하게 방해하는 귀신이 등장한다. 이 비슷한 예는 전체 단편들에서 쉽게 찾을 수 있다.

이제 괴물의 정체가 어렴풋하게나마 드러난다. 그들은 훼손되고 타락한 신의 말로부터 태어난 신의 자식들이거나, 타락한 신 자신이다.

「토마스 수도원장의 보물」에서 볼 수 있는 고고학, 기록된 문자, 초자연적인 존재, 그리스도교는 M. R. 제임스의 거의 모든 단편들에 등장하는 세부 요소이다. 이 네 요소가 서로 맞물려 돌아가는 공간적 배경은 오래된 저택이나 수도원 같은 음습한 기운이 맴도는 건축물이다. 「소품」은 작가 자신이 어렸을 적 어떻게 공포를 체험하고 결국 공포소설을 쓰게 되었는지 고백하는 자전적 형식의 소설이다. 이 단편에는 자신이 매료되었던 한 소설의 구절이 인용되어 있다. "오래된 저택의 몽환적인 형상이, 그 독특한 악의와, 성스러움과, 육중함을 갖춘 건물이 나타나자"라는 구절을 읽으며 어린 M. R. 제임스는 "이 몇 개의 단어만으로도 나의 상상력은 음침한 궤도에 오르고 말았다"(p. 653)고 고백한다.

이 고백이 인상적인 이유는, 여기서도 기록된 문자가 등장하고 있기 때문이다. M. R. 제임스 단편들에 빼놓지 않고 등장하는 괴물이 출몰하는 여관, 귀신이 들린 저택의 기원은 돌이나 목재가 아니다. 그것들의 기원은 말이나 문자다. 앞서 "말씀"으로 존재하는 초자연적인 존재들처럼, 그런 존재들이 깃든 공간들 역시 "말씀"을 기반으로 지어 올린 것이다.

그 "말씀"들은 라틴어로 된 암호문처럼 수백 년 된 까마득한 과거를 건너와 주인공의 귓전에 속삭인다. 이는 기록되지 않은 역사, 망실된 역사다. 이 역사는 오랜 시간 훼손되고 타락하여, 유령처럼 윤곽만 남아 큰소리도 내지 못하고 겨우 소설의 주인공 몇몇의 잠만 설치게 할 수 있을 뿐이다.

기록된 문자에의 집착은 어쩌면 M. R. 제임스의 취향이자 삶의 반영일 수도 있다. 그는 평생 뛰어난 학생으로서 학자로서 교육자로서 살았고 "킹스 칼리지의 학생감과 학장을 역임한 후 마침내 케임브리지 부총장"의 자리에까지 올랐다. 그의 연구 분야는 책을 다루는 서지학이었다. 그는 "중세의 필사본 목록, 구약 외경, 초기 교부의 저작, 위경, 중세 수도원 건축"을 다루었고, 학계에서 그런 연구는 주류가 아니었다. 그 스스로 자신이 연구하는 구약의 외경을 두고 "정경에서 제외된 이들 문서의 고유한 가치는 거의 존재하지 않는다"(p. 661)고 평했다고 한다.

M. R. 제임스의 소설에 나오는 초자연적인 존재들의 오싹하고 으스스하면서도 비현실적인 존재감은, 어쩌면 그가 즐겨 읽고 연구하는 책들의 존재감인지도 모른다.

바람결에 들려오는 초자연적 존재들의 뜻 모를 웅얼거림, 의미 없는 신음은 그 "쓸모없고 부차적인"(p. 661) 책들이 내는 말소리일 수도 있다. 그런 책들의 말을 연구하는 학자의 내면이 내는 소외된 목소리일 수도 있다. 실제 삶에 비추어본다면 어쨌든, 그는 자신이 가장 좋아하고 가장 잘 아는 것에 대해 쓴 셈이다.

「장미 정원」에서는 초자연적인 존재의 말이 웅얼거림과 신음과 괴성을 넘어 비교적 또렷하게 들려온다. 부유한 귀족인 주인공은 꿈에서 사형 재판정에 서 있다. 주변에 그를 변호해주는 사람은 아무도 없는 상황이다. 이때 어떤 존재가 느껴진다. "그곳 어딘가에 가장 두려운 사람이 있었소. 자리에 앉아 있었다고 해야 할 것 같은데, 내게 정말로 부당한 말을 던지고, 내가 하는 모든 증언을 왜곡하고, 가장 끔찍한 질문을 내뱉었지." 사형 재판정은 '말'로써 목숨이 좌우되는 곳이다. 주인공이 답하는 말에 그 "끔찍한 존재"는 "상당히 위압적으로 비웃"는다. 분명 예전에 봤던 것 같은 "세상에서 가장 끔찍한 악당"(p.

197)이다.

『몬터규 로즈 제임스』 선집에 실린 다른 단편들에 등장하는 초자연적인 존재들은 주인공과 말을 섞지 않는다. 왜 인간 앞에 나타났는지, 어째서 인간을 따라다니는지, 무엇 때문에 인간에게 불행을 안겨주는지 말하지 않는다. 그들은 인간의 말을 모르는 듯하고, 다만 등장인물이 금기를 어기거나 탐욕이 지나치다거나 하는 경우에 나타난다고 짐작만 할 수 있을 뿐이다.

때문에 「장미 정원」의 가면을 쓴 듯한 얼굴의 악당이 나타나 하는 심판의 말은 상당히 흥미롭다. 악당은 "끔찍한 질문"과 "부당한 말"로 주인공의 말을 왜곡하고 심판하며, 위압적인 태도로 주인공의 실존을 하찮게 한다. 주인공은 악당과의 재판에서 진다. 그 결과 주인공은 "줄에 묶인 채 가혹하게 끌려"가 "최고 반역죄로 처형을 당하"(p. 198)게 된다.

이 꿈속 악당의 역할이 무엇인지는 어렵지 않게 짐작할 수 있다. 프로이트의 「심리적 인격의 해부」에는 "초자아가 자아를 다루는 방식"에 대한 분석이 나온다. 초자아는 흔히 양심으로 불린다. "우울증 발작이 일어나면 초자아는 극히 엄격해지며, 불쌍한 자아를 모욕하고 굴욕을 주며 학대하기까지 합니다. [……] 그에게 가장 심한 벌을 기대하게 하고 온갖 견디기 어려운 비난을 퍼붓습니다."[3]

주인공이 꿈속에서 끌려간 곳은 죄의식의 법정이고, 신에 의해 권위가 주어진 초자아가 심판관으로 앉아 있다. 초자아는 신의 이름으로 앉아 있으므로 주인공은 두려움을 느끼면서도 그의 정체를, 이름을 마음대로 부를 수 없다. 하지만 꿈의 법정을 지배하는 초자연적인 존재가 도덕적 판단을 내릴 것이라고 기대하기는 어렵다. 법정의 악당은 옳고 그름을 따지고 진실과 거짓을 밝히는 일은 하지 않는다. 주인공의 증언을 왜곡하고 비웃기만 하면서, 굴욕을 주고 학대하는 끔찍한 악당에 더 가깝다.

법정의 악당은 초자아처럼 보인다. 왜냐하면 악당이 초자아의 기능을 수행하고 있기 때문이다. 그 기능이란

3 지크문트 프로이트, 『새로운 정신분석 강의』, 임홍빈 외 옮김, 열린책들, 1997, p. 84.

억압으로, 악당이 억압하는 대상은 자신의 질문에 대한 주인공의 대답, 그러니까 주인공의 '말'이다. 악당은 주인공이 있었던 장소, 날짜, 편지, 어떤 서류를 소각했던 이유를 묻는데, 주인공이 어떤 대답을 하든 "내 대답에 대해서 상당히 위압적으로 비웃"(p. 197)기만 한다. 주인공의 말은 가위에 눌리듯, 꿈의 법정에서 억압된다.

이 꿈속 법정의 악당은 도덕적 판단을 위해 거기 있는 것이 아니라, 단지 억압하기 위해 있다. 악당은 초자아의 억압 기능을 발휘하지만, 악당의 실질은 그저 가위눌림이고 괴롭힘일 뿐이다. 초자아의 형식만, 그럴듯한 제스처만 남았다. 「토마스 수도원장의 보물」의 초자연적인 존재는 신의 말이 훼손되고 타락해 괴물이 됐다. 「장미 정원」의 초자연적인 존재는 초자아의 실질은 사라지고 제스처만 남아 끔찍한 악당이 된다.

물론 M. R. 제임스의 소설에서 억압이 악의 제스처만으로 나오지는 않는다. 또 다른 단편 「망누스 백작」에서는 반대로 이 억압이 초자연적인 존재, 악을 억압하는 기제로 쓰이기도 한다.

책을 쓰는 직업을 갖고 있는 주인공이 발견한 한 오래된 책에는 이런 구절이 적혀 있다. "장수하고자 하는 사람, 충직한 심부름꾼을 얻고 적의 피를 보고자 하는 사람은, 우선 코라진이라는 도시로 가서 그곳에서—군주를 맞이해야 한다." 코라진은 신에 대항하는 적그리스도의 출생지로 알려졌다. 자신의 탐욕을 채우고 싶은 사람은 코라진에 가서 군주를 만나야 하는데, 책에는 군주의 이름이 지워져 있어 읽을 수 없다.

주인공은 그 지워진 낱말이 "허공의"일 것이라고 추측한다. 왜냐하면 '허공의 군주'는 곧 "사탄"(p. 107), 적그리스도를 의미하기 때문이다. 여기서 억압은 적그리스도의 이름을 지우는 행위로 기능한다. 이름을 지움으로써 이 불길한 책을 읽는 독자가 사탄을 불러내지 못하게 하려는 것이다. 이미 십계명에서 봤듯, 신의 이름을 부르는 행위는 금기이다. 따라서 이름을 지우는 일은 그 이름을 억압해 "망령되이 일컫지" 못하게 하려는 시도이다. 적그리스도의 이름을 볼 수 없고 읽을 수 없고 부를 수 없게 한다.

한편 이름이 완전히 지워지지 않았다는 것은, 대상이 완전히 억압되지 않고 덜 억압되어 슬쩍 실체가 드러나 있다는 의미이기도 하다. M. R. 제임스의 소설 대부분에서 공포가 발생하는 지점이 바로 여기, 억압되다 말고 남은 부분이다. 억압된 것이 보일 듯 말 듯 슬며시 존재감을 과시하는 지점이다.

억압된 존재는 완전히 드러나 있지 않아 더 공포스럽다. 불안이나 공포 발작과 같은 주인공의 정신적 균열을 통해 잠깐 드러나는 억압된 것의 존재감은 주인공을 미치게 한다.

누군가의 이름을 함부로 부를 수 없다는 것은 그가 곧 신이거나 신에 버금가는 존재임을 뜻한다. 때문에 「망누스 백작」의 등장인물들은, 주인공이 금지된 숲속에 들어가려 하자 이렇게 말하며 말린다. "안 돼, 가지 말게. 자네들은 걷고 있어서는 안 되는데 걷는 자들과 만나게 될걸세. 그들은 쉬고 있어야 하네. 일어나 걸으면 안 되네"(p. 110).

하지만 쉽게 짐작할 수 있듯이 "걷고 있어서는 안 되는" 자들은 결국 일어나 걷게 된다. 왜냐하면 그들을 쉬고 있게 했던 억압이 풀렸기 때문인데, 주인공이 자물쇠로 봉인되어 있던 망누스 백작의 관을 연 탓이다. 망누스 백작은 잔혹한 영주로 악명이 높았던 인물이다. 그는 농노들을 "고문을 하거나 채찍질하거나 낙인을 찍"(p. 105)고 자신의 영지에 무단으로 살림을 꾸린 가족을 산 채로 불태워버리기도 했다. 자신의 탐욕을 이루기 위해 허공의 군주에게 영혼을 판 자일 수도 있다.

망누스 백작의 관에 새겨진 부조를 보고 주인공은 "영혼을 좇아 사냥하는 악마"를 떠올린다. 어떤 설명할 수 없는 힘에 의해 관을 봉인한 세 개의 자물쇠가 풀리고, 아무도 건드리지 않았는데 관 뚜껑이 저절로 열린다. 주인공은 놀라 잉글랜드로 도망치지만 "그는 이미 망가져 있었다"(p. 116).

주인공은 검은색 망토를 두른 두 남자가 자기를 쫓고 있다는 망상에 시달린다. 그 두 남자는 언젠가 망누스 백작의 금지된 숲속에서 죽은 자들이고, 걷고 있어서는 안

되는 자들이며, 영혼을 쫓아 사냥하는 악마의 화신들이다. 주인공은 망상 속에서 봉인에서 풀려난, 억압에서 돌아온, 억압된 것의 귀환을 본다. 억압된 것의 귀환이라고 말할 수 있는 것은 주인공이 "예전에 본 적이 있는 이들"(p. 117)임을 기억해냈기 때문이다.

억압된 것이 돌아오자, 주인공은 죽는다. 그 죽음이 얼마나 기괴하고 참혹했던지, 사람들은 그 죽음이 "신의 방문"이었다고 결론을 내린다. 이처럼 「망누스 백작」의 결말에서도 신과 악마는 서로 기표를 뒤섞는다.

『몬터규 로즈 제임스』 선집을 읽으며 문득 공포물만큼 정신분석학 이론이 잘 적용되는 장르도 없다는 생각을 하게 됐다. 보이지는 않지만 틀림없이 존재하는 무엇이라는 공포 장르의 보편적인 테마는, 정신분석학의 억압이라는 테마와 잘 맞아떨어진다.

이 억압의 테마는 M. R. 제임스의 소설들에서 초자연적인 존재에게 쓰이지만, 동시에 사회적 약자인 여성과 하인 같은 피고용인들에게 쓰이기도 한다. 그의 소설들에서 주인공은 대부분 작가 자신을 반영한 학자이거나 귀족인 남성이다. 즉, 가정과 사회에서 지배자의 위치에 선다. 반면 여성과 낮은 계급의 남성들은 작품에서 지배자의 주변부에 머물며 부차적인 역할만을 한다. 소설의 배경이 주로 저택인데도 여성은 아예 등장하지 않거나 책임 있는 안주인의 자리에 앉지 못하는 경우도 많다.

이는 M. R. 제임스가 살았던 가부장 문화에서 초자연적인 존재가 사실상 무엇을 표상했는지 깨닫게 해준다. 그들은 자신의 이름으로 불릴 수 없었고 실존이 억압되었던 자들, 그래서 괴물처럼 왜곡되고 유령처럼 윤곽만 남은 여성과 하층 계급의 남성들이다. 그들은 여러 단편들에 잘 나타나 있듯, 지배계층 남성의 죄의식 속에서 밤마다 악몽으로 되살아나 그들을 공포에 쫓기게 했다.

하지만 그렇다고 지배계층 남성은 자신의 삶에서 여성과 하인을 완전히 억압해버릴 수도 없었다. 그들이 없으면 삶이 유지될 수 없기 때문이었다. 그래서 그들은 "밤에도 휴식을 취할 수 없고 낮에도 즐거움을 느낄 수 없게 하는" 사회적 약자들과 공생할 수밖에 없었다. 이

공생 관계에도 이름은 붙지 않는다. 억압된 자들은 그저 "하나 이상, 심지어는 한 무리"(p. 333)라고만 이름 없이, 모욕적으로 불릴 뿐이었다.

[2016]

Werner Bischof, The Famine in Bihar (India) in 1951.

내게 적당한 규모의 엑소더스

나는 이 엑소더스의 규모를 정확히 알고 있다. 애굽의 사막을 가득 메우는 대규모의 엑소더스는 아니다. 마법사를 앞세워 바다를 갈라야 할 만치 대규모가 아니다. 언뜻 보기에, 그저 갈대로 엮은 배 한 척이면 될 것 같다.

하지만 꼼꼼히 따지자면 배 한 척도 너무 크다. 이 역사役事에 배는 쓸데없는 물건일지도 모른다. 내가 방금 『현대문학』 편집부로부터 받은 엑소더스의 규모는 아무리 작은 배에라도 충분히 태우고 남을 만치 작은 규모다. 겨우 282킬로바이트밖엔 되지 않는다. 가로 16센티미터 세로 25.71센티미터밖엔 되지 않는, 호주머니에도 들어갈 작은 직사각형이다. 이 엑소더스에 바다를 건너는 조건이 포함되어 있다면, 나는 배를 사용하지 않을 것이다. 나는 통신 프로그램을 열고, 바다 건너편 어딘가의 주소로 이메일을 띄울 것이다. 처음 내게 배달되어왔던 방식 그대로.

이건 아마도, 내가 보아온 엑소더스들 중에서 가장 작은 규모의 엑소더스일 것이다. 이 JPEG 이미지 파일은, 282킬로바이트의 크기에 가로세로 두 뼘을 넘지 않는다. 그래도 인치당 픽셀 수는 180이다. 이것이 유일하게 내가 이 글을 쓰는 데 위로가 된다. 180픽셀/인치는 감상하기에 지나치게 엉성한 수준은 아니다.

그렇다고 이 엑소더스가 어느덧 마음에 든다, 라는 얘기는 아니다. 아직은 좀더 두고 봐야 한다. 나는 이 엑소더스와 쉽게 친해질 수 없고, 아직은 타협할 수 없다. 이것은 기껏해야 쉴 새 없이 깜박거리는 1과 0의 전기적 신호의 조합, 비트의 가상물, 원본을 찾아 들어가는 경로가 주어지지 않은 천애의 고아, 언제라도 PC의 휴지통에 버릴 수 있는, 가치가 매겨지지 않은 것, 가치가 매겨져 있다면 아마도 내가 받지 않았을 것, 동시적이고 다발적으로 복사되어 몇번째 카피인지 번호도 매길 수 없는 것, 확대와 축소와 변형과 복사가 제멋대로 가능한 컴퓨터 파일일 뿐이다.

그래서 이 엑소더스의 인물들은 물질적 묘사를 압도할 수 없는 것이다. 그들이 아무리 대지팡이를 두 손으로 꼭 붙들어 쥐어야 할 만치 허약한 상태에 놓여 있더라도, 전기 신호라는 자신들의 물질적 근원을 압도할 순 없는 것이다.

나는 잠시 속아준다. 내 인식의 눈을 가린다. 감동을 바라는 제스처를 취하며, 그것과 감응되길 원하는 몸짓을 취하며, 대지팡이를 간신히 쥔 팔뚝의 얽히고설킨 혈관들을 확대해 훑아 본다(나는 훑아 볼 수밖에 없다. 나는 뚫어져라 쳐다볼 수 없다. 이건 '뚫어져라' 쳐다볼 수 있는 것이 아니다. '훑아 보다'는 뚫어져라 볼 수 없는 자가 방금 만들어낸 조어다). 내게 언뜻 무언가를 떠올리게 하는 것, 짤막하게나마 내 마음을 짠하게 했던 것, 이 푼크툼이 지금 내게 언급하고 있는 것은 질 좋은 지방이 다 녹아내려 바삭바삭하게 살 껍데기만 남은 나이가 아주 많은 여성이다.

팔뚝에 이어진, 뼈마디가 불거진 손가락 하나에는 자그마한 매듭이 진 반지가 끼워져 있고, 헐거워진 손가락을 타고 반지는 약간 미끄러져 내려와 있다. 이 엑소더스의 인물은 전신의 힘을 대지팡이를 쥔 열 손가락에, 두 손바닥에, 그것들을 잇고 있는 말라비틀어진 근육들에, 삐걱거리는 관절들에 집중시키고 있다. 그것을 놓치면 자리에서 미끄러지기라도 한다는 듯이, 이 간신히 잡은 균형이 깨어지면 다시 일어날 수 없다는 듯이. 한번 주저앉으면 다시는 일어나 뛸 수 없는 장거리 육상 주자의 고독처럼.

나는 훑어 보며, 흔히 생각할 수 있는 것들을 생각한다. 왜, 언제, 얼마나 이 엑소더스는 시작되고 진행되었을까. 이 인물들은 왜, 언제부터 언제까지, 얼마나 이 엑소더스의 인물들로 참여하고 참여할 것일까. 이 대지팡이의 끝은 얼마나 닳아 있을까. 대지팡이가 생산되는 마을에서, 지방에서, 나라에서 대체 무슨 일이, 무슨 재해가, 무슨 사태가 난 것일까.

혹은, 아직 시작도 되지 않은 엑소더스는 아닐까. 어쩌면 내가 핥아 보고 있는 것은 엑소더스가 아니라, 엑소더스의 기미, 전조 혹은 다 끝난 다음의 감회, 잔해가 아닐까. 나는 왜 이 282킬로바이트짜리 JPEG 파일을 보며 "엑소더스"라는 제목을 붙였을까. 왜 엑소더스라고 대뜸 가정을 했을까. 따가운 볕과 바람에 거칠어지고 말라가는 팔뚝을 먼저 본 탓일까. 아니면 가야 할 길 혹은 지나온 길을 일별하듯 눈을 들며 손차양을 하고 있는 아랫단의 인물 탓일까. 그는, 그녀는, 지금 막 고개를 돌리며 반쯤 입을 벌리곤 윗눈썹에 주름이 생기도록 한쪽 눈을 치켜뜨고 있다. 그것은 우리가 흔히 하는 행동으로, 먼 데를 바라보는 시선이다. 먼 데를, 소실점일 수도 있는, 어쩌면 아주 먼 데일 수도 있는 곳을 바라보는 시선이다.

원고 청탁서에는 아무 설명도 덧붙여 있지 않다. 사진작가는 누구인지, 그가 무어라고 제목을 붙였는지 하는 기본적인 정보도 내겐 주어지지 않았다. 나는 불평을 할 수도 있지만, 그러지 않는다. 이건 기껏해야 전기 신호의 조합이고, 경로를 알 수 없는 카피, 몇번째인지 헤아리는 작업이 불가능한 카피일 뿐인 것이다. 내가 불평해야 할 아무 이유도 없다. 나는, 사이즈와 가로세로 비율을 원하는 대로 바꾸고 다른 JPEG 파일과 합성하고 색을 입히고 필터에 통과시켜선 굴절되고 왜곡된 또 다른 이미지 파일을 만들 수 있듯, 내가 원하는 제목을 붙일 수 있다.

잠재적인 재료로서 이 엑소더스는 마음에 든다. 이것은 그 자체로 이 글의 재료가 될뿐더러, 다른 이런저런 엑소더스와 만나 고요에서 침묵에서 벗어날 수 있다. 벗어나게 할 수 있다. 나는 이 엑소더스에게 말을 시킬 것이고 노래를 부르게 할 것이다. 손차양을 하고 있는 인물의 시선 끝자락에 표지를 세워줄 것이고, 대지팡이를 짚은 거죽만 남은 인물에게 귓전에 울려 퍼지는 배후를 제공할 것이다. 내게 적당한 규모의 엑소더스를 위해 작업할 것이다.

나는 이 작업을 위해 벌써 지난밤에 이런저런 다른 엑소더스들, 또 다른 잠재적인 재료들을 골라두었다. 책꽂이, 장롱 속 짐꾸러미, 음반 꽂이에서 끄집어낸 그것들은 많지는 않다. 원고 청탁서는 기습했고 늘 그렇듯이 작업할 시간은 모자란다. 그래도 좋다. 나는 이번 엑소더스가 내게 배달되어 오기 전까지 늘 불충분한 감을 갖고 있었다. 내가 이미 가지고 있는 엑소더스들에 불만을 품고 있었다. 그것들은 적당하지 않고 부족하고 중요한 무엇이 빠져 있는 듯했다.

내가 준비한 것 하나는 필라델피아 오케스트라, 합창단이 연주한 「The Exodus Song」이고 다른 하나는 성경과 성경의 「출애굽기」를 다룬 신학 해설서에서 뽑아낸 몇 문장들이다. 이것들도 그다지 큰 규모는 아니다. 「The Exodus Song」는 유진 오먼디가 지휘한 「대합창제」 음반에 두번째 트랙으로 수록된 4분 17초짜리 곡에 불과하다. 무게라고 할 것도 거의 없어서, 이 바이널 음반 전체의 중량을 따져봤자 기껏 125그램 정도다. 지난밤에 이런저런 책들에서 뽑아낸 문장들도 결코 큰 규모가 아니다. 그것은 두 줄 이상을 넘지 않고, 맥락에 벗어나 전에 없이 부담스럽지 않게 읽힌다. 심지어 나는 그것을 암송도 할 수 있다.

나는 이제 이 JPEG 파일을 이런저런, 준비된 다른 엑소더스들 사이에 끼워 넣을 것이다. 대지팡이 짚은 인물들의 들리지 않는 귓전에는 합창곡이 울려 퍼질 것이다. 손차양을 하고 있는 인물의 잘려 나간 시선 끝에는 비로소 표지가 꽂힐 것이다. 그 표지는 이럴 것이다:

> 신음 소리를 듣고 나의 언약을 기억하노라 [……] 너의 지팡이를 가져 바로 앞에 던지라 [……] 하수를 치면 그것이 피로 변하고 하수의 고기가 죽고 그 물에서는 악취가 나리니 [……] 애굽 온 땅에와 나무 그릇에와 돌 그릇에 모두 피가 있으리라 [……]
>
> 나는 여호와라 내가 애굽 사람의 무서운 짐 밑에서 너희를 빼어내며 그 고역에서 너희를 건지며 편 팔과 큰 재앙으로 너희를 구속하여 너희로 내 백성을 삼고 나는 너희 하나님이 되리니*

* 「출애굽기」 6~7장.

어느 「출애굽기」 해설서에 적힌 대로, 여호와는 "폭력으로 내 백성을 해방시킬 자다".

이제 쉴 새 없이 깜박이는 이 전기 신호들의 비좁은 틈새로 고전 텍스트가, 필라델피아 합창단의 하모니가 끼어들 것이다. 스며들 것이다. 나는 싸울 준비가 됐다. 원고 청탁서를 공격해 찢고 가루 내고 파기하고 이 신뢰하기 어려운 비트의 가상 물질에서 무언가 다른, 아마도 내게 적당한 규모의 또 다른 엑소더스를 꾸며낼 준비가 됐다.

내게 적당한 규모의 엑소더스가 바로 이것이다. 282킬로바이트짜리 JPEG 파일과, 125그램짜리 음반의 4분 17초짜리 합창곡과, 몇 줄 되지 않는 한글 문장들, 그 조합.

내게 적당하고 내게 가능한 엑소더스란 바로 이 정도다. 더 큰 규모의 엑소더스는 내 지팡이의 끝이 찾아내 두드릴 수 없다. 내 손차양 끝에 절대 나타나지 않는다.

그런 건 내 지팡이 끝에, 내 손차양 끝에 존재하지 않는다.

[2000]

내가 처음 읽은 책

이 인용들이 적절한 것인지 모르겠다:

> 그는 여느 시대의 성자聖者와도 마찬가지로 모든 책임을 그 스스로 책임졌다. —폴 나토오프

> 괴물을 죽인다는 것은 우리 안에 있는 어둠을 죽인다는 것입니다. [……] "아니, 내가 그걸 어떻게 할 수 있어." 이렇게 생각한다면 그게 바로 우리들 안에 갇혀 있는 용입니다. —조지프 캠벨

1990년 봄쯤이었나. 그러니까 10년도 더 된 일이다. 구로동 공단 지역의 어느 노동자 문학회에서 김남주 선생을 초빙한 적이 있었다. 나도 따라갔는데 나로선 구로공

단을 그날 처음 구경해보는 것이었다. 지하철역에서 내려 느릿느릿 걸어 들어가던 그 저물녘의 기억은 아직도 남아 있다. 오줌빛 조명의 지하철역 층계는 마음이 어지러워질 만치 스산했고 공장 담벼락들은 끝이 어딘지 모르게 기다랗게 뻗어 있었다. 화물트럭들이 다니는 널따란 콘크리트 포도는 재를 뿌린 듯 침침했고 눈을 들면 고압선들이 내 이마 위를 빽빽하게 가로지르고 있었다.

이게 구로공단에 대한 내 첫인상이다. 어찌 보면 서울의 여타 곳들과 다를 바 없는 풍경일 수도 있다. 어쩌면, 그날 저녁 내 마음에만 그렇게 비쳤는지도 모른다. 나는 긴장하고 있었다. 그날은 구로공단을 처음 구경하는 날이기도 했지만, 노동자들을 처음 구경하는 날이기도 했던 것이다. 똑똑하게 말 잘하는 노동자, 박노해와 백무산의 시집에 나온 노동자, 월간지 『말』과 신문 『한겨레』와 9시 뉴스의 시위 현장 보도에서 읽고 보던 노동자, 의식화된 노동자, 조직화된 노동자, 깡다구 있는 노동자를 처음 대면하는 날이었다.

내가 김남주 선생을 따라갔던 건 그에게서 받던 시 창

작 수업 때문이었다. 그러니까 그날은 내겐 야외 수업, 보충 수업쯤 되었다. 강의가 끝나고 그는 노조 사무실 시멘트 바닥에 골판지 한 장 깔아놓고 앉아서는, 노동자들과 함께 술을 마시며 이야기들을 나누었다. 사람들이 워낙 많아 나는 앉지도 못하고 서 있었다(그러니 기억에 남아 있는 건 그의 등이다. 작고 각진 등판, 형광등 빛이 흐릿하게, 희게 내리비치는 등판). 그는 이따금 뒤에 선 내게까지 들리도록 목청을 높이곤 했다. 무슨무슨 얘기를 나누고 있었는진 잘 들리지 않았지만, 그때 나는 그가 열변을 토하고 있다는 느낌을 받았다. 강의실에서는 결코 듣지 못했던 목소리였다. 어딘지 모르게 힘이 빠진 듯한 목소리, 그의 시에서 읽을 수 있는 전투적 어감의 단어들이 잘 정제되어 있는 목소리, 주전부리를 사러 들어간 동네 가게의 아저씨가 건네는 듯한 친근하고 따뜻한 목소리, 이런 게 내가 그때까지 그의 강의에서 듣던 목소리였다.

나는 노조 사무실에서의 그 열정적인 모습에 놀랐다기보다는, 당황스럽고 좀 섭섭한 생각을 먼저 했다. 왜 우리 수강생들 앞과 저이들 앞에서 내는 목소리가 다른 걸까. 우리 수강생들은 저들과 다르다는 말일까. 다르다면 무엇이 다를까. 또 어쩌면, 저이들의 무엇이 그 점잖고 서근서근한 김남주 선생을 저토록 열정적으로 만들었을까, 하는 생각도 한편으로 했을 것이다. 혹 저이들에게 하는 말과 우리에게 하는 말이 다르지는 않을까. 강의 내용이 다른 건 아닐까.

김남주 선생에 대한 얘기를 하자면 내가 밝혀두어야 할 것이 몇 가지 있다. 하나는 내가 가진 한국 사회의 1970~80년대에 대한 인식들이 대개(전부는 아니다) 책이나 영상물을 통해 간접적으로 습득된 것이라는 사실이고, 다른 하나는 김남주 선생을 실제로 뵌 기간이 1990년 한 해뿐이라는 사실이다. 이 두 사실은 나를 곤혹스럽게 한다. 첫째 것은 그의 문학을 얘기하는 데 아프게 걸리고 둘째 것은 그라는 사람을 얘기하는 데 아프게 걸린다. 내가 그를 잘 말할 수 있을까. 내가 그럭저럭 말할 수 있는 건 1990년 한 해에 김남주 선생이 내게, 우리 수강생들에게 시 창작을 강의하며 보여주었던 모습들, 그나마 단편적인 모습들뿐이다.

내 사진첩에는 우리 수강생들과 김남주 선생이 소풍을 가서 찍은 사진이 몇 장 있다. 1990년 여름, 어느 산골의 폐교(어디였을까. 무주였나, 무릉이었나. 그 새카만 밤중에 우리가 걸었던 산중 포도가 어디였을까)로 간 소풍이었다. 지난밤의 폭음 탓에 맥없이 풀린 표정들로, 볕이 따가운 날이었는지 나무 그늘에 모여 앉아 있다. 수강생들이 스무 명쯤 있고, 그는 앞줄 가운데 앉아 있다. 나는 늘 그렇듯 맨 가장자리에 앉아 또, 늘 그렇듯 엉뚱한 곳을 바라보며 어설프게 웃음을 흘리고 있다.

김남주 선생에게서 시 창작을 배우겠다고 찾아든 것만 보아도 짐작할 수 있듯이, 앞으로 어떤 시를 쓰고 싶다는 우리 수강생들의 추구는 대체로 엇비슷했다. 나는 그 추구를 무어라 불러야 할지 모르겠다. 속되게 이해된 민족문학이라 해야 하나, 아마추어리즘적으로 이해된 민중문학이라 해야 하나. 1970~80년대의 이런저런 문학 진영들 사이에서 오갔던 공방들은 우리 사이에서도 거칠게나마 오가곤 했다. 때론 꽤나 진지해서, 누군가는 상처를 입고 강의실을 영영 떠나버린 경우도 있었다. 전교조

해직교사, 노조 활동을 하는 방송국 프로듀서, 학생운동가, 일용직 노동자, 골수 민족주의자, 민족문학 비평을 공부하는 대학원생, 대충 이런 내력의 사람들이 강의실 좌석의 반을 차지하고 있었다. 나는 스무 살 얼빠진 재수생이었고.

그래서였을까. 김남주 선생과 그의 작품에 대해서 잘 알고들 있었다. 대학 기숙사 침대 다리에 끄적거려진 그의 시(아마도 「함께 가자 우리 이 길을」이었을 것이다)를 읽고 찾아왔다는 대학 휴학생이 있을 정도였다. 나중에 대학에 들어가고 나서 나도 그 비슷한 체험을 했다. 민중가요의 가사로 그의 시가 씌어지는 것을 보았고 그 노래를 따라 부르기도 했다. 하지만 나는 그저 시를 가르쳐준다는 신문광고를 보고 강의에 등록한 경우였다. 그의 시집은 읽어본 적도 없었다. 감옥엔 왜 가게 되었는지, '남민전 사건'이 무엇인지도 알지 못한 상태였다.

다른 수강생으로부터 들어 알게 되고서도 나는 그 사건이 정말 무엇을 뜻하는지, 우리 사회 일반에 어떤 정치적, 심리적 역할을 하는지 알지 못했다. 나는 그래, 그런 일이 있었구나, 10년이나 감옥에 계셨던 분이야, 했을 뿐이었다. 나는 김남주 선생을, 이 글의 청탁서에 나와 있듯이 '전사, 불멸의 저항 시인'이 아니라, 시 창작을 가르쳐주는 선생님으로 받아들였다. 대하기 조금 더 어려운 국어 선생님 정도로 받아들였던 것이다.

김남주 선생의 책도 교과서 읽듯 읽고 있었다. 하긴 그때 내가 알고 있던 독서법이란 고등학교 국어 시간에 배운 독서법이 다였다. 그의 시선집 『조국은 하나다』(남풍, 1988)를 들춰보면 볼펜으로 찍 밑줄을 쳐놓고 가당치도 않게 은유와 상징을 해석해놓고 주제와 소재를 꼬치꼬치 따져 적어놓은 낙서들이 가득하다.

취향이 드센 편이었던 수강생들은 전망이니 계급이니 당파성이니 하는 말을 입에 달고 다녔지만 정작 김남주 선생은 그에 대해서라면 아무 언급도 하지 않았다. 이건 내게 오랫동안 수수께끼로 남았던 일이다. 어째서 그랬을까. 수강생들이 그에게서 기대했던 것은 정작 그런 말들이 아니었을까. 수강생 하나가 '노동자 계급의 애환과 투쟁'을 담은 시를 써 갔던 적이 있었다. 내 기억으로 그

당시 그런 시 작풍에는 일종의 스테레오 타입이 있어서, 비슷비슷한 시들이 지겨우리만치 많이 씌어지고 발표되던 때였다.

김남주 선생은 아주 간단하게, 그 시가 좋지 않다고 평했다. 놀라운 순간이었다. 내가 알기로, 그리고 우리 수강생들이 알기로, 그런 시들에 전범을 제공했던 건 바로 지난 시대의 그의 작품들이었다. 그의 시가 그런 시 작풍의 발원지였던 것이다. 왜 좋지 않은지 그 까닭은 이야기하지 않았지만 우리는 모호하게나마 그 뜻을 새겨들었다. 그 시를 써 간 수강생은 노동자 계급이 아니었고, 노동자였던 적도 없었다.

계급성과 당파성은 계급에서 우러나와야지, 풋내 나는 사상이나 독서 체험에서 우러나오는 게 아니었다. 그때 이건 우리 문청들에겐 풀기 난감한 숙제였다. 어째서 '노동자 계급의 입'을 굳이 빌리지 않더라도 하고 싶은 말을 할 수 있다는 생각은 못 했을까. 뜻밖에도, 아주 간단한 발상의 전환만으로도 가능했을 일을. 시 선생으로서의 김남주 선생에게서 잘 썼다고 칭찬을 들었던 습작품들은 언어 운용의 기본을 잘 지켰던 것들이었다. 묘사가 눈에 띄게 독특하다든지, 감정을 진솔하게 잘 표현했다든지 하는 것들이었다.

나는 김남주 선생이 애써 '민중문학적인 시 창작법' 이야기를 피했다고는 생각하지 않는다. 그는, 시 창작의 기본을 가르쳐야 할 시 선생으로서의 소임을 다하고 있었던 것이다.

김남주 선생은 우리 수강생들이 실은 가장 궁금해하던 지난 시절의 투사로서의 경험담들도 거의 들려주지 않았다. 나도 그렇고 다른 수강생들도 그렇고, 우리가 할 수 있는 것은 다만 짐작하는 일뿐이었다. 내가 어느 날, 작품 성향이 읽기 까다로운 것으로 정평이 난 어떤 시인의 시집을 들고 갔던 적이 있었다. 그가 감옥에 있던 1980년대에 주로 복잡한 구조의 여행 시를 썼던 시인의 시집이었다. 그는 시집을 잠깐 들춰보더니, 이게 도대체 무슨 말인지 알고 읽는 거야, 라고 소리를 높이며 집어 던지듯 책상에 내려놓았다. 나는 그때도 놀랐다. 지난 몇 달간 매주 두 번씩 그의 강의를 들으면서도, 이번처럼 소리를 높이고 격하게 몸동작을 취하는 모습은 본 적이 없었다.

내가 만약 김남주 선생을 실제로 뵙지 못하고 그의 책만 읽었다면, 그리고 1970~80년대에 그가 무엇을 했고 어디에 있었는지를 밝히는 약력만을 읽었다면, 나는 그에 대해 지금과는 사뭇 다른 인상을 갖고 있을 것이다. 글머리의 두 인용처럼, 나토오프가 19세기에 베토벤에 대해 언급했던 것과 같은 그런 인상을 갖게 되었을지도 모른다. 캠벨이 세계와 자신의 지하로 모험 여행을 떠난 옛 영웅들에 대해 언급했던 것과 같은 그런 인상을 갖게 되었을지도 모른다. 아니면 반대로, 시대와 그가 함께 걸친 선정적인 코스튬만을 보며 불편해져선 짐짓 외면하려 들지도 모른다.

실은 셋 다 같은 가정이다. 김남주 선생을 실제로 뵙지 못했다면 나는 그에 대한 인상을 신화로, 신화의 영웅으로, 그리고 내 안에서 나를 감시하고 찌르고 부끄러워하게 하는 용, 초자아쯤으로 소비했을 것이다. 틀림없이 그렇다. '약력'이라는 기술記述 형식이 가진 편집증적인 성격 때문에 우선 그렇고, 그의 시대가 그렇다. 지난 시대의 나쁜 정치는 헤아릴 수 없을 만치 많은 사회적 초자아를 낳았고 그것들, 그이들 중 하나가 바로 그였던 것이다. 나쁜 정치, 나쁜 시대는, 성자를 괴물을 영웅을 용을 양산하기 마련이다.

나는 1970~80년대를 삶의 역사로서가 아니라, 이런저런 텍스트로서의 역사로 체험한 연령대에 속한다. 산 게 아니라, 읽고 감상하고 공부한 연령대에 속한다. 1970~80년대, 그까짓 것 몰라도 된다고 여기는 이들도 있겠지만, 될 수 있으면 그런 것 몰라도 된다는 쪽으로 흐름을 몰고 가려는 이들도 있지만, 나는 그렇지 않다. 1970~80년대를 모르면 우리 현재 삶과 현재 사회의 어떤 측면들은 도저히 설명할 길이 없게 된다.

다행히도 나는 김남주 선생을 실제로 뵐 수 있는 기회를 가졌다. 이 글의 제목이 "내가 처음 읽은 책"인 것은 그 까닭이다. 그는, 내가 실제로 겪어볼 수 있었던 거의 유일한 1970~80년대였다. 그 체험 덕분에 정말 고맙게도, 나는 지난 시대에 대해 좀더 현실적인 감각을 지닐 수 있게 되었고, 좀더 현실적인 사고를 할 수 있었다. 내 1970~80년대는 1990년의 그로부터 시작된다.

그렇지만 김남주 선생은 내게 여전히 시 창작 선생이다. 여전히 기쁘게 그렇다. 선하고, 공명심이란 걸 모르는, 가르치지 않고 보여주는 선생. 그리고 10년 전 그 앞에 앉아 시 창작을 배우던 얼뜬 수강생이 이젠 소설가가 되어 그에 대한 글을 쓰고 있다. 나는 그로부터 문학이 가져야 하는 윤리적 기능의 하나를 보았다. 비판과 계몽의 정신 말이다.

마음이 저려온다.

[2000]

분석과 평가

'김현 문학패'가 한 평론가의 업적을 기리는 것이니, 그에 대한 이야기로 시작하겠습니다. 고등학교를 졸업하고 제가 문학을 할 생각으로 처음 찾아간 아카데미에서 교재로 접했던 책이 기형도의 『입 속의 검은 잎』(문학과지성사, 1989)이었습니다. 그때 강사님이 이 시집의 시인과 해설을 쓴 평론가 모두 이미 이 세상 사람이 아니다, 라는 말을 했습니다. 읽어보니 시도 좋았고 해설도 좋았던 시집이었습니다. 책을 손에 쥐면 설레는 마음이 들 정도로 좋았습니다. 그런데 하필이면 시집의 두 저자가 이미 돌아가신 분들이라니.

그렇게 해서 문학을 향한 저의 첫발은 우연히도 죽음에 가닿게 되었습니다. 제가 이십대 때 썼던 소설들에서 죽음의 기미가 느껴진다면 아마 두 고인과의 만남, 이미 죽은 문인들의 글을 읽고 있다는 낯설고 두려운 충격 덕일 수도 있습니다. 언젠가, 죽었지만 살아 있는 사람이 나오는 소설도 쓴 적이 있죠. 첫 책이 문학과지성사에서 나왔을 때 기형도와 김현 언저리에 제 이름도 놓인다는 생각에 좋아라 했던 기억도 납니다.

그러고 나서 별일이 다 있었죠. 지금까지 책을 열 권도 넘게 내고. 얼마나 냈는지 저도 잘 모릅니다. 열 권이 넘고 나서부터는 세지 않았습니다. 절필도 하고. 절필하지 않았다면 저는 얼마나 더 많은 책을 냈을까요? 그리고 돌아와서 또 열심히 책을 내기 시작했습니다. 부정하고 싶습니다만, 저한테는 문학이 언제나 최우선 순위였던 것 같습니다. 그러니 그렇게 열심히 썼겠지요. 그리고 나이도 먹었죠. 문단도 전반적으로 고령화가 진행 중이어서 젊은 축이라고 우길 수도 있겠지만, 저는 분명 늙어감과 죽음에 대해 더 많이 생각해야 할 나이입니다.

소설 말고도 이제는 다른 글도 씁니다. 이십대 땐 서평이나 칼럼 청탁이 들어와도 뭘 써야 할지 몰라 부담이 컸습니다. 서평을 쓰더라도 읽은 책이 좀 있어야 쓸 텐데 저는 그렇지 못했습니다. 칼럼을 쓰더라도 세상에 대해 뭘 알아야 쓸 텐데 저는 그렇지 못했습니다. 읽은 책이 없는 작가의 무식함, 세상을 통찰할 수 없는 작가의 무능함, 이런 자각들이 제 마음을 억눌렀습니다. 김현의 『전체에 대한 통찰』(나남, 1990)이, 내용은 다 잊었지만 제목만은 아직도 선명하게 제 인상에 남아 있는 것도 그 때문일 것입니다. 절필할 무렵 제게 절실했던 것이 '전체에 대한 통찰'이었던 것 같습니다.

사람들은 아직도 저한테 왜 절필했었냐고 묻습니다. 그러면 저는 참으로 구구절절한 대답을 늘어놓는데, 그중 하나가 아는 게 없어서 그랬다는 대답입니다. 저는 확실히 책 읽을 시간이 필요했습니다. 저는 책을 읽어야 했고, 책을 읽었고, 그래서 10년이라는 그 공백이 아깝게 느껴지지 않습니다. 그때 절필하지 않고 계속 소설을 썼다면 저는 지금쯤 살아서 죽은 작가, 좀비 작가가 되었을 겁니다.

지금은 청탁이 오면 뻔뻔하게도, 거절하지 않습니다. 이것도 전과 다른 점입니다. 여전히 읽은 책은 부족하고 통찰력 없는 삶을 살고 있지만, 일단 생계 걱정이 먼저라는 생각을 하게 됩니다. 그런 뻔뻔함으로 썼던 책이 『리플릿』입니다. 분류는 미술 에세이로 되어 있지만, 실은 에세이보다는 좀더 진지한 마음으로 썼다고 할 수 있습니다. 『리플릿』은 제가 처음 써본 평론 비슷한 글입니다.

그 책을 쓰기 전까지 평론이란 저에겐 그저 남의 일, 그래서 굳이 진지할 필요가 없는 남의 분야였습니다. 그래서 책임도 못 질 불평과 불만을 늘어놓기도 했죠. 하지만 『리플릿』을 쓰면서 비로소, 남의 작품을 읽고 글을 쓰는 일이 무엇인지 생각해보기 시작했습니다. 남의 작품을 감상할 땐 어떤 자세를 가져야 하고, 평가를 내리기까지 어떤 과정을 거쳐야 하는지 하는 것들 말입니다. 의욕을 잃은 평론가들의 목소리를 가끔 듣습니다. 실은 비평은 창작만큼이나 중요합니다. 이와 잇몸의 사이죠. 미국의 미술평론가들이 아니었다면, 미국의 현대미술은 지금 같은 세계적인 명성은 얻지 못했을 겁니다.

그래서 이런저런 생각 끝에, 저는 『리플릿』의 마지막 회에 이런 말을 썼습니다. "여러 작가의 여러 작품을 다루면서, 저는 평가하지 않고 나름대로 분석하려 했습니다." 이 마지막 문장을 쓰면서 저는 비로소 이 말이, 제가 오랫동안 하고 싶었지만 뭐라고 해야 할지 몰라 지금껏 하지 못했던 말이었음을 깨달았습니다. 서로 만나본 적이 없이 글로만 느슨한 동료 관계를 맺었던 평론가들에게 지난 세월 내내 들려주고 싶었던 말이었음을 깨달았습니다. 한 작가에 대해, 한 작품에 대해 평가를 내리기 위해서는, 그 평가에 도달하기까지 충분한 분석이 먼저 있어야 한다고 말입니다.

제가 보기에 슬라보예 지젝은, 그가 거론한 책은 어떻게든 사 보게 한다는 점에서 최고로 위험한 서평가입니다. 그가 『이데올로기라는 숭고한 대상』에서 이런 말을 했습니다. "분석은 일종의 상징화이다. 무의미한 상상적 흔적들을 상징계로 통합하는 것이 바로 분석이다. [……] (분석은) 상징적인 좌표와 의미를 부여하는 의미화의 틀을 생산(한다)." 반드시 그렇지는 않겠지만 제 생각에 이것이 분석하는 일입니다. 그렇다면 평가란 분석의 자연스런 결과로, 작가와 작품에 "상징적인 좌표와 의미를 부여하는" 일이 됩니다. 분석과 평가는 이렇듯 비평 행위의 앞뒤 과정이라고 할 수 있습니다. 평가가 먼저 있고 나중에 분석이 이뤄진다면, 어딘지 모르게 비평 행위가 정당한 방식으로 행해지지 않았다는 느낌을 주겠죠.

요즘은 외국 소설에 대한 리뷰도 연재하고 있습니다. 소설 리뷰도 『리플릿』을 쓸 때처럼 가능한 한 진지한 자세로 쓰려고 노력하고 있습니다. 비평 행위에 대해 평론가도 아닌 소설가가 이러쿵저러쿵 설명하려는 시도 자체가 난센스일지 모릅니다. 하지만 이 글을 애써 찾아 읽는 독자들이라면 한국 문학이, 소설이, 비평이 위기에 처했다는 말을 오래 들어왔을 것입니다. 그리고 그 위기를 극복하고자 많은 의견이 오갔다는 것도 알 것입니다. 그러니 그 의견들에 제 의견 하나쯤 보탠다고 해서 문제가 되지는 않을 것입니다.

분석이 충분치 않았을 때, 평가는 문학 외적인 기준과 가치에 휘둘리게 됩니다. 그것들이 무엇인지 모르지 않을 것입니다. 한 작가, 한 작품에 대한 평가가 분석에 의지하지 않을 때, 결국 떠도는 소문과 인간 관계에 의존하게 되지 않을까요? 한국 문단이 한국 사회에서 나 홀로 청정 지역으로 남아 있다고 믿는 사람은 드물 것입니다. 문단이 학연과 인연, 지연, 연고주의와 정실주의에 좌우되지 않는 정당하고 공정한 사회라고 믿는 사람들이 우리 문인들 말고 또 누가 있을까요?

고 김현 선생이 평론가였고, 이 행사가 그를 기리는 자리이고, 제가 수상한 것도 심사라는 비평 행위의 결과이니, 제가 '분석과 평가'에 대해 감히 말하는 것이 결례라고 생각하지 않습니다. 저는 듣기에 달콤하고 위로가 되는 말은 할 줄 모릅니다. 제가 첫 책을 냈을 때, 어떤 문학 담당 기자가 "요즘은 후일담 소설이 유행하니 그쪽으로 한 번 써보지 그러냐"고 했던 것이 기억납니다. 등단한 지 30년이 가까운 지금도, 그렇게 쓰면 성공하기 어려우니 이렇게 한번 써보라는 충고를 듣곤 합니다.

하지만 저는 남과 같아지려고 글을 쓰는 게 아니라, 남과 달라지려고 글을 씁니다. 저는 제 힘이 닿는 한 항상 남과 다르게 쓰려고 노력합니다. 그래서 늘 실패를 면하지 못하지만, 동시에 그 실패한 노력들이 저를 계속 작가로 남아 있게 해주었던 것 같습니다. 헤밍웨이는 마크 트웨인을 두고 이런 말을 했습니다. "트웨인이 『허클베리 핀의 모험』을 청중들에게 '시험'해봤다고 믿지 않습니다. 만약 그랬다면 아마도 그 사람들은 좋은 부분은 빼버리고 나쁜 것들을 집어넣게 했겠죠."

우리 인생과 문학이 바로 이렇지 않은가요? 고맙습니다.

[김현 문학패 수상 소감, 2018]

작가의 말

아무것도 아니면서 그것뿐인

이 책은 내가 등단한 1995년 무렵부터 2021년 올해까지 그때그때 무작위로 발표했던 산문들을 모은 것이다. 지난 몇 년 동안 미술이나 여행 같은, 미리 정해진 콘셉트로 쓴 책들을 빼면 생애 첫번째 산문집이라고 할 수 있다. 긴 기간을 두고 씌어진 탓에 연속성이 생긴 글들도 있다. 「타자의 장소」는 「그래서, 어느 시대에 살고 싶은데요」와 이어지고, 「인류가 우주에서 뭘 한다고요」는 「늑대들의 밤이 온다」로 이어진다. 「세계의 총체성, 책의 총체성」에 이어지는 이런 이야기를 하기도 했다.

> 저는 책이 지니는 가치를 시간의 가치라고 생각해요. 책을 살 때 우리는 돈이라는 재화를 지불하지만 그 책을 실제로 소비할 때, 그러니까 읽을 때는 시간

이라는 재화를 지불하게 되죠. 책의 소비에는 이처럼 독특하게, 두가지 재화가 얽혀 있어요. 이것이 책이라는 상품이 지닌 특수성이라고 생각해요. 우리는 종종 책의 가치를 평가할 때 책의 정가를 보고 비싸다 싸다 하지만, 그건 책을 소유할 때의 일입니다. 우리가 책을 읽을 때는, 시간이라는 더 중요하고 큰 재화를 지불하게 돼요. 이를테면 전 이 여섯권을 꼬박 열흘 읽었는데, 그러면 이 여섯권에 대해 제가 '열흘'이라는 시간을 지불한 셈입니다. 책 뒤표지에 적힌 만원, 이 만원 하는 정가는 책의 제작비와 이윤을 말하는 것이고요. 책을 읽고 만족하지 못하면, 우리는 돈이 아깝다고 하지 않고 시간이 아깝다고 하잖아요? 저는 가끔 책 한권을 한달씩 읽기도 하는데, 그처럼 한달을 읽더라도 시간이 아깝지 않았다면 그건 현명한 소비를 한 겁니다. (「이 계절에 주목할 신간들」, 『창작과비평』 2020년 여름호, pp. 483~84)

그리고 2013년 이전에 쓴 산문들은 얼마 되지 않고 그나마도 대부분 빼버렸다. 이유는 하나, 너무 못 써서다.

원고의 성격에 따라 정치적인 것과 미학적인 것으로 나눴다. 내 수준에 맞지 않는 느낌이지만 딱히 더 나은 분류가 떠오르지 않았다. 정치적이고 미학적인 것은 하나의 사건, 현상, 작품이 해석되는 두 가지 측면이고, 구분하기도 쉽지 않다. 두 측면이 명료한 차이로 도드라질 때는 대개, 어느 한쪽이 다른 한쪽을 이용하려 들 때다. 파시스트 정부가 자신의 보수성을 감추기 위해 진보적인 미술을 전면에 내세운다거나, 제 사사로운 욕심을 채우기 위해 권력의 입맛에 맞는 작품을 생산한 예술가들의 이야기를 우리는 알고 있다.

오랜만에 문학과지성사에서 책을 낸다. 여러모로, 늘 고마운 마음을 갖고 있다.

2021년 12월

백민석